印象・私・世界

印象・私・世界

——『失われた時を求めて』の原母体

武藤剛史

水声社

目次

【凡例】

プルースト作品からの引用略記はつぎの通りである。

I~IV　*A la recherche du temps perdu* (Bibliothèque de la Pléiade) I~IV, Gallimard, 1987~1989.

CS　*Contre Sainte-Beuve* (Bibliothèque de la Pléiade), Gallimard, 1971.

JS　*Jean Santeuil* (Bibliothèque de la Pléiade), Gallimard, 1971.

C　*Carnets*, Gallimard, 2002.

序　プルーストをどう読むか

文学作品をどう読むか、あるいはどう研究するかは、読者自身、研究者自身の裁量に委ねられている。作品をどう読むか、どう研究するかは各人の自由であって、それを制限したり、規制したりする権利は誰にもない。むしろ、まったく新しい読み方で作品を読むこと、これまで誰も——作者自身でさえ——気づかなったものを作品から読み取ることに読書の醍醐味があり、また同様に、まったく新しい観点から、まったく斬新な方法で、作品を研究すること、これまで誰もが気づかなかったユニークなテーマを見出すこと、そうしたことに研究の真の意義があるとするのが現代の一般通念であろう。

しかし、プルーストはつぎのように述べている。

だがじつは、過去の傑作に対しては、外側から講壇的敬意をこめ、うやうやしい距離を隔てて接するのではなく、その著者の視点からそれを考察するのでなければ、過去の傑作の解釈などありえないのだ。
（CS-278）

プルーストは、いったいどうして、著者の視点に立たなければ真の作品解釈などありえないと断言するのか、また断言できるのか。そもそも、著者の視点に立つとは何を意味するのか。本書の意図するところは、何よりもまず、この問題を解明することであり、それを踏まえたうえで、プルーストの視点に立つこと、さらにはプルーストの視点に立って『失われた時を求めて』という作品を解釈することである。

ところで、どんな研究者であれ、ひとつの作品を研究するという場合、何らかの観点に立ち、一定の方法に基づいて、作品に対峙するはずである。現代であれば、文学研究においても、実証性、客観性、科学性が第一に求められる。伝記的方法であれ、心理学的方法であれ、社会学的方法であれ、あるいは文献学的方法であれ、基本となるのは実証性、客観性、科学性である。それはほかでもなく、現代においては、実証性、客観性、科学性に基づいてのみ、真理に到達できると考えられているからである。つまり、実証的、客観的、科学的に作品を研究するということは、真理は外在的、客観的、科学的に存在するという現代の真理観に立脚することにほかならない。

しかしプルーストは、真理は外在的、客観的、科学的に存在するという真理観を真っ向から否定している。たとえば「読書の日々」において、彼はつぎのように述べている。

読書が私たちにとってうながしであり続け、その魔法の鍵が、私たち自身の奥底の、自分の力だけでは入り込めなかっただろう住まいの扉を開けてくれるものであるかぎり、私たちの生のなかで読書の果たす役割は有益である。逆に、私たちを個人的な精神生活に目覚めさせるかわりに、それにとって代わろうとするとき、言い換えれば、真理が、私たちの思考の内的な進歩と心情の努力によってようやく実現できるひとつの理想としてではなく、他人の手で準備された蜜のように〔……〕ただ受動的に味わいさえすればよい何かのように思えるとき、読書の役割は危険なものになる。ときにはまた、いささか例外的な〔……〕いくつかのケースでは、やはり外在するものと考えられる真理が遠いところにあって、近づくのが困難な場所に隠されていることがある。たとえば、ある人物に思いがけない照明を当てるかもしれないのに、なかなか内容を知ることのできない秘密文書、未完の往復書簡、回想録など。真理を自分自身のうちに探し求めるのに疲れてしまった精神にとって、真理は自分自身のそとにある、オランダの修道院が後生大事に保存しているフォリオ版のページにひそんでいると考えることができるのは、何という幸福、何という安らぎだろう。

(CS-180, 181)

このように、プルーストのいう真理とは、自分のそとに存在するものではなく、あくまで「私たち自身の奥底」にひそんでおり、「私たちの思考の内的な進歩と心情の努力によってようやく実現できるひとつの理想」として存在するのであり、それゆえ、「私たちは誰からも真理を受け取ることはできず、自分自身でそれを創り出さなければならない」のである。自分自身の内部に沈潜し、この真理がひそむ領域に到達し、この真理に触れることによって、私たちの「真の精神生活が始まる」、というよりも、この真理に触れ、この真理を生きること自体が真の精神生活なのである。つまりプルーストのいう真理とは、科学法則に代表されるような万人共通の客観的真理、私たちを外部から規定し、支配する力としての真理などではなく、私たちひとりひとりの自己、私たちひとりひとりの生の根拠・根源としての真理、私たちひとりひとりの自己を自己たらしめ、私たちひとりひとりを生かしている根源的な力としての真理にほかならない。

プルーストは、『サント＝ブーヴに反論する』のなかで、つぎのように述べている。

サント＝ブーヴの著作は底の深いものではない。テーヌやポール・ブールジェ氏、その他もろもろの文士によれば、サント＝ブーヴのかの有名な方法こそが、彼をして十九世紀批評界の比類なき巨匠たらしめたのだそうだが、その方法とは、人と作品を切り離さないこと、「純粋幾何学の論考」か何かでないかぎり、一冊の書物の作者を評価するのに、著作とはまるで無縁とも見えるさまざまな問い（作者はどのようにふるまったか、といった問い）に、あらかじめ答えておくのもむだではないと考えること、ある作家に関してできるだけ多くの情報を集めること、書簡集で事実を確認すること、作者と面識のあった人びとを訪ねて、健在ならじかに話を聞き、亡くなっている場合は作者について書き残してくれたものを読むこと、およそそうしたところに成り立っている。ところが、私たちが多少なりとも深く自分自身と付き合ってみれば分かることを、この方法は理解していない。つまり一冊の書物とは、私たちがふだんの習慣、交際、さまざまな悪癖などに現わしている自己とはまったく異なる、もうひとつの自己の所産なのだということ。このもうひとつの自己を理解しようと思うなら、私たちは自分自身の内奥に沈潜し、自分のうちにこの自己を再創造してみる以外に方法はない。こうした内心の努力を免除してくれるような口実は、何ひとつありはしない。この真実は、一から十まで、私たちが自分自身で創り上げねばならないのだ。 (CS-221, 222)

このように、文学作品を生み出す自己、いわば創造主体としての自己とは、「私たちがふだんの習慣、交際、さまざまな悪癖などに現わしている自己とまったく異なる」自己であり、この自己を理解するには、「私たちが自分自身の内奥に沈潜し、自分のうちにこの自己を再創造してみる以外に方法はない」とプルーストは言う。要するにこの自己とは、私たちの内部に潜んでいる真理、私たちひとりひとりの自己、私たちひとりひとりの生の根拠・根源としての真理を知り、この真理を生きる自己、つまりはこの真理の意識そのものとしての自己にほかならない。そもそもプルーストにとって、文学や芸術とは、私たちひとりひとりの自己、私たちひとりひとりの生の根拠・根源としての真理の表現にほかならず、それゆえに、この真理を知り、この真理を生きる自己、この真理の意識そのものとしての自己だけが作品を生み出すことができるのである。

文学作品や芸術作品がそのようなものであるとすれば、その作品を真に理解するためには、読者自身もまた、作品を生み出した自己の視点、つまりは作者固有の真理の意識そのものの視点に立たねばならないということになる。というよりも、作品を生み出した自己の視点、作者固有の真理の意識そのものの視点に立つこと自体が、作品を真に理解することなのである。プルーストが「その著者の視点からそれを考察するのでなければ、過去の傑作の解釈などありえないのだ」と断言するのは、まさにそういうことである。

しかし、著者の視点に立つことはほんとうに可能なのだろうか。というのも、著者の視点に立つとは、その著者固有の真理の意識そのものとしての自己、それゆえ私たち読者にとってはまったくの他者である存在と同一の視点に立つことにほかなるまい。そうしたことが、いかにして可能なのか。ところがプルーストは、それは可能だと言う。たしかに、作品に表現されている真理はあくまで作者自身の真理であって、私たち読者の真理ではないし、その真理の意識それ自体としての自己もあくまで作者自身の内的な自己、作者自身もふだんは意識できないような秘められた自己である。しかし、「読書の日々」でも強調されているように、読者は、作品を読むことを通じて、作品を生み出す自己の活動に触れ、この自己から刺激、うながしを受けることによって、みずからのうちにその自己に相当する自己、つまりはみずからの真理を発見し、その真理を生きる自己、あるいはその真理の意識そのものとしての自己――プルーストによれば、この自己こそ私たちの真の自己である――が目覚めるということがありうる。そしてそのことが、おのずから、著者の視点に立つことを意味するのであり、それ以外のいかなる方法・手段によっても、著者の視点に立つことは不可能である。プルーストも強調するように、「〔作品を生み出す〕このもうひとつの自己を理解しようと思うなら、私たちは自分自身の内奥に沈潜し、自分のうちにこの自己を再創造してみる以外に方法はない」のであって、「こうした内心の努力を免除してくれるような口実は、何ひとつありはしない」、「この真実は、一から十まで、私たちが自分で創り上げねばならない」のである。

『失われた時を求めて』においても、つぎのように言われている。

じつを言えば、本を読むとき、読者は自分自身を読み取っているのだ。作家の作品は一種の光学機械にほかならず、そのおかげで、読者はもし本を読まなければおそらくは自分自身のうちに見ることができなかったであろうものを、はっきり見分けることができる。本が語っていることを読者が自分自身のうちに認めることができるということ、まさにそのことが本の真実性を証す。そして〈逆もまた真なり〉である。(IV-489, 490)

ここで「もし本を読まなければおそらくは自分自身のうちに見ることができなかったもの」とは、言うまでもなく、読者自身の真の自己、すなわち読者みずからの真理を知り、その真理を生きる自己、さらにはその真理の意識そのものとしての自己のことであり、このように、本を読むことを通じて、自分自身の真の自己の存在を知り、真の自己として目覚めることが、そしてそのことだけが、「本の真実性」を、つまりは、その本が作者の真の自己によって創造されたもの、というよりもむしろ、その真の自己自身の表現であることを証す。そもそも、真の自己によって見出され、再創造された真理を理解し、その真理を真に味わうことができるのは、同じ真の自己だけであろう。そうであるとすれば、みずから真の自己になることなくして、どうして『失われた時を求めて』という作品の真実性を理解し、真に味わうことができるというのだろうか。

それなら、おまえはほんとうにプルーストの視点、彼の真の自己の視点に立つことができたのか、もし立ちえたとして、そのことを〈客観的に〉証明できるのか、という問いや疑いがただちに返って来ることはとうぜん予想される。そうした問いや疑問に対しては、本書全体を通じてお答えするほかあるまい。そもそも、このことは、事柄の性質上、けっして〈客観的〉には証明されえないのだ。とはいえ、『失われた時を求めて』を真に理解するには、作者プルーストの視点に立たねばならない、それ以外に作品を真に理解するすべはない、という信念を筆者はこれまでもつねに抱き続けてきたし、それゆえまた、これまでの筆者のプルースト研究は、まさにプルーストの視点を立つための努力にほかならなかった、とだけは断言できる。

本書もまた、プルーストの視点に立とうとする試みのひとつにほかならない。

第一章　プルーストの視点に立つ

文学作品を真に理解するには、作者の視点に立たねばならない。作者の視点に立つことが、真にその作品を理解することである。というのも、ひとつの文学作品とは、作者固有の真理、つまりは彼自身の真の自己、真の現実の表現にほかならず、それゆえに作者は、その真理を知り、その真理を生きる自己、その真理の意識そのものであるところの自己として、作品を創造しているからである。

少なくとも、プルーストは文学というものをそのように考えており、当然のことながら、『失われた時を求めて』という作品も、プルースト固有の真理、すなわち彼自身の真の自己、真の現実の表現にほかならず、そのためには、まずプルースト自身がその真理の視点に立つこと、つまりはみずからがその真理の意識そのものとしての自己になることが必要であった。もちろん、そのことは一朝一夕になされたわけではない。文学が表現すべき真理とは何か、その真理の視点に立つとはいかなることであり、またいかにすればその真理の視点に立つことができるのか、といった問いと探求は、すでに青年時代から始まっており、しかもその問いと探求は、『失われた時を求めて』に着手する直前まで続けられたのである。この問いと探求は、すでに『楽しみと日々』にもその萌芽が見られるし、その後の画家論、『ジャン・サントゥイユ』、ラスキン論、そしてサント＝ブーヴ論を貫く中心テーマであり続けた。

以下、この問いと探求のとりわけ重要なメルクマールとして、画家論、ラスキン論、サント＝ブーヴ論を取り上げ、「プルーストの視点に立つ」とはいかなることかを考えると同時に、じっさいに「プルーストの視点に立つ」ことを試みたい。

Ⅰ　ギュスターヴ・モロー論

プルーストは青年時代に、シャルダン、レンブラント、そしてギュスターヴ・モロー、この三人の画家論を書いているが、目下の問題に関連して、とくに重要なのはギュスターヴ・モロー論である。そのなかで、プルーストは芸術作品というものを作者のもっとも内的な魂の表出として捉え、芸術作品のなかに現われるその「内部の世界」と私たちがふだん生きている日常世界との違いを強調する。

一枚のタブローとは、ひとつの神秘的世界の一断片の現われにほかならないが、私たちはその世界のいくつか別の断片を同じ画家の他の作品を通じてすでに知っている。訪れた先のサロンで話をしている最中、ふと目をあげて一枚の絵が目に留まる。その絵はたしかにはじめて目にするものでありながら、しかも、さながら前世の記憶のように、それをすでにどこかで見た覚えがある。

（CS-669）

個々の作品に描かれた対象物の違いを超えて、それらすべての作品の目に見えない共通性として現われてくるこの神秘的な世界こそ、芸術家のもっとも内的な魂、彼の真の祖国にほかならないが、この魂は、芸術家自身といえども、それを意識し、またそれを生きることはほとんど不可能であり、ただ芸術作品の制作を通じてのみ、この魂に近づき、それを生きることができる。

このように、芸術作品がその断片的な現われであるところの国、それは詩人の魂そのものであり、しかも彼の真の魂、彼のあらゆる魂のなかでももっとも奥深くにある魂、彼の真の祖国であるが、詩人自身といえども、そこに生きることはごくまれな瞬間にしか許されない。これらの作品を照らす日の光、そこに輝くさまざまな色、そこにうごめく人物たちが等しく精神的な相貌を帯びているのは、まさにそのためである。霊感とは、詩人がこのもっとも内的な魂に入り込むことのできた瞬間のことであり、制作とは、その内部の世界に浸りきる努力、彼がペンを走らせ、絵筆を動かしているあいだ中、そこに外部からのいかなる不純物をもまじえまいとする努力にほかならない。

(CS-670)

芸術作品に現われるこの内的な魂とは、芸術家の真の魂であるが、それは同じ芸術家がこの世において現わす魂とはまったく異なるものであり、さらには相いれないものでさえある。この世に私たちが現わす魂とは、表面的な、卑俗な魂にすぎないのであって、それはまさしくこの世自体の皮相さ、卑俗さに正確に対応しているのだ。

いまこの世と言ったが、それは真実の世界などではなく、もっとも卑俗な世界、私たちのもっとも表面的な魂――それは詩人にあっても、他の多くのひとの魂と選ぶところはない――に呼応する世界にすぎない。

(CS-670)

したがって、私たちがこの世にとどまるかぎり、つまりはこの世の生、この世のさまざまな事物に執着するかぎり、「内部の世界」に至り、その世界を生きる道は閉ざされている。というよりも、私たちはふだん「内部の世界」を忘れ去っているのであり、この世界を想起することすらきわめて困難である。芸術家が真の芸術家たりうる第一の条件は、ふだんは意識の底に沈んでいる「内部の世界」の存在に気づくことであり、また「内部の世界」こそ自分にとって唯一真実なる世界、彼自身の真の祖国であると知ることである。

彼ら〔内的な魂を持つ者〕は、自分がその内的な魂において過ごす瞬間こそ唯一の真実なる時であることを、あるひそかな喜びによって知っている。彼らの生活の残りの部分は一種の追放状態、多くは自分から望んでの、悲しくはないとしても、憂鬱な追放状態にほかならない。じっさい、ふだんの彼らは精神的な意味における追放者なのだ。彼らは追放されるやいなや、たちどころに祖国の記憶を失ってしまい、ただ自分には祖国があり、そこで生きるのは追放の身で生きるよりも心楽しいということを覚えているだけで、どうすればそこに戻れるのか、もはや分からないのである。いずれにせよ、彼らがどこであれ祖国以外の場所に行きたいと願うだけで、すでに彼らは祖国にいないのだ。なぜなら、ひとつの感情にほかならない国にあっては、何かそれ以外のものを欲すること自体が、そこからの追放を必然的に意味するからである。しかし、彼らが彼ら自身であるかぎり、すなわち彼らが追放の身ではなくなり、みずからの内的魂になりきるとき、彼らは一種の本能に導かれて行動する。（CS-672）

芸術家はしだいに「内部の世界」に接近し、内的魂として生きる機会をふやし、自分の生活の重心を、この世すなわち日常世界から、「内部の世界」へと移す。やがて、彼はひたすら「内部の世界」に生きることになるだろう。だがそのためには、この世に生きる人間としての個人的な欲望、気遣い、利害の感情、つまりは「個人的自我」そのものを捨て去り、みずからを「内部の世界」の表出の

〈場〉そのものとしなければならない。少なくとも、それが晩年のギュスターヴ・モローの生き方であった。

じつは彼自身、その生前においてすでに、この個人的自我の垣を打ち倒すことにしだいに力を注ぐようになっていたのであり、その営為を通じて、おのれの霊感をかき立て、つまりは自分がこの内的魂を訪れる瞬間をしだいにふやし、かくして内的魂の純粋なる心象を、そこに卑俗な何ものをもまじえることなく、表現しようと努めていたのである。〔……〕それとともに、彼の心がその内的魂によって占められていないような瞬間、彼がいまだ実人生における人間のままでいる瞬間はしだいに少なくなっていった。彼の家はすでに美術館と化していたのであり、彼という人間はもはやほとんど作品が生まれる〈場〉にすぎなくなっていたのである。（CS-672）

このように、芸術家がその作品において表現しようとするのは彼自身の「内部の世界」にほかならないが、それは、芸術家にとって彼自身の「内部の世界」こそ真実の世界であり、その世界を生きる自己こそ彼自身の真の自己だからである。そもそも、「内部の世界」においては、世界と自己はひとつであり、それゆえにこの世界を「内的魂」と呼ぶこともできる。

ところが、私たちはふだん「内部の世界」を生きていないし、ふだんの私たちは「内的魂」ではありえない。私たちがふだん生きている世界、すなわち日常生活、社会生活が営まれる世界とは、いわば外部の世界、つまり自分のそとに広がる世界であり、自分が存在するのも、自分が生活するのも、その外部の世界においてである。私たちの常識からすれば、この外部の世界こそ唯一絶対の世界であって、それ以外の世界というものはありえない。もちろん、内面世界というべきものも存在するが、それはあくまで私たちの肉体に閉じ込められた精神あるいは心といった領域に存在する小さな世界にすぎず、それは私たちがそれこそ現実そのものとみなしている外部の世界の反映あるいは写しでしかない。要するに、それはいかなる現実性も持たない主観的世界にすぎないのである。

しかしプルーストは、私たちがふだんそのなかに生きており、それこそ唯一絶対の世界と考えている外部の世界、すなわち「この世」とは、「真実の世界などではなく、もっとも卑俗な世界、私たちのもっとも表面的な魂〔……〕に呼応する世界にすぎない」と言う。しかも、私たちが「この世」に生きており、また「この世」を唯一絶対の世界とみなしているのは、私たち自身が「もっとも表面的な魂」でしかないからであって、その根本原因は私たち自身の自己のあり方そのものにある。私たちの自己が、「内部の世界」、自分自身の「内的魂」に背を向け、そこから離脱し、自分の関心や興味をもっぱら外部の対象に向け、そうした外部の対象にかかずらっているかぎりにおいて、私たちにとって存在するのは「この世」すなわち外部の世界でしかなく、この世界こそ私たちが生きる唯一絶対の世界だということになる。

それでは、「この世」すなわち外部の世界を生きる自己、外部の世界こそ唯一絶対の世界と信ずる自己の根本性格は何か。それは何よりもまず、主体性ということであろう。私たちは、日々の暮らしにおいて、あるいは社会生活において、一個の主体として生きている。すなわち、みずからを主体として定立し、自分以外のすべての存在、すべての他者、すべての事物を自分の対象、自分の外部に存在する客観的存在として捉え、かくして、自分の対象、自分のそとに客観的に存在する他者や事物にかかわって生きるということである。言うまでもなく、私たちの日々の暮らし、社会生活はそのような形で営まれており、それゆえ、私たちが主体として生きていることも当然であり、むしろ、日々の暮らしにおいて、あるいは社会生活において、私たちは主体としてしか生きられないと言ってもよいだろう。私たちがふだん、「この世」すなわち外部の世界を唯一絶対の世界とみなすと同時に、その世界を生きる自己、すなわち主体としての自己を唯一の自己とみなし、それ以外の自己というものはありえないと考えるのも、それゆえである。

にもかかわらず、プルーストは主体としての自己は「私たちのもっとも表面的な魂」にすぎないと言う。しかも、この主体としての自己こそ、私たちが私たち自身の「内部の世界」――プルーストによれば、それこそ真実の世界にして真の自己である――を知り、またその世界に生きることを妨げている最大の障害なのである。

では、この主体としての自己という障害を取り除けば、つまり私たち自身が主体であることをやめれば、私たちは私たち自身の「内部の世界」を、つまりは私たち自身の真実の世界を生きることができるのだろうか。まさしくその通りである。もちろん、私たちはほとんどつねに主体として生きており、さらには日々の生活において主体であることを強いられている以上、主体であることをやめるということはきわめて困難なことであり、ほとんど不可能に近い。しかし、のちに見るように、たとえば無意志的記憶や「謎めいた印象」といった特権的瞬間において、ほんのわずかな瞬間ではあっても、私たちが主体であることをやめるという事態がありうる。そうすると、ふだんは無意識の領域に隠されている「内部の世界」、私たちの真実の世界はおのずから蘇ってくるのであり、その瞬間、私たち自身も、その真実の世界を生きる自己、つまりは真の自己となる。そもそも、私たちの真実の世界であるこの「内部の世界」においては、自己と世界のあいだにいかなる区別もない、自己がそのまま世界であり、世界がそのまま自己であって、だからこそ、「内部の世界」と言われるのである。

私たちが主体であることをやめる瞬間、おのずから意識に立ち現われる「内部の世界」が真実の世界であると言いうるのも、この世界が〈おのずから〉の世界、つまりはあるがままの世界、原初の世界だからである。〈おのずから〉の世界、あるがままの世界、原初の世界は、主体の対象としてある世界、つまり主体が構成した世界ではない。しかもこの世界は、非人称的な世界、物質の無色透明な世界、死んだ世界ではない。この「内部の世界」は、ひとりひとりに固有の世界、そのひとつひとつが唯一無二のかけがえのない世界、絶対の差異としてある世界、真の意味において「個人と呼ばれる世界」である。それは、まさしく主客未分の世界であり、その隅々にまで〈私〉の意識、感覚、感情が行き渡り、そのなかにあるかぎりのすべての存在、すべてのものが〈私〉として意識され、感受され、享受され、受苦される世界である。

私たちがふだん生きている世界、そこにおいて日々の暮らしや社会生活が営まれている世界、要するに外部の世界も、この〈おのずから〉の世界、あるがままの世界、原初の世界から派生した世界である。すなわち、私たちがみずからを主体として定立することによって、「内部の世界」は主体と客体に分裂し、私たちの自己以外はすべて主体である自己の対象となり、かくして外部の世界が成立する。しかし、そのように主体となった私たちの自己が、「内部の世界」それ自体としての真の自己から遊離した抽象的自己であるのに対応して、この抽象的自己の対象としてある世界も、「内部の世界」そのものとしての真の現実から遊離した抽象的世界にほかならない。

このように、ふだん主体として生きている私たち、また主体として生きざるをえない私たちにとって、ほとんど意識されることもなく、その存在すら忘れられているとしても、私たち自身のうちにひそむ「内部の世界」こそ、私たちが生きている真の現実であり、またこの世界を生きる〈私〉こそ真の自己である。言い換えるなら、こうした世界のあり方、そして自己のあり方が、世界の本来のあり方であり、また自己の本来のあり方なのである。そのような世界のあり方、また自己のあり方は、外部の世界に生きる私たちにとっては、つまりはつねに主体として世界を対象化し、客体化してしまっている自己にとっては、まったく奇妙なこと、ありえないことのようにも思われるが、厳密に考えれば、生きるとは、まさしくそのような事態でしかありえないだろう。生きるとは、何よりもまず、世界を意識し、感受し、享受し、あるいは受苦することである。だが、世界を意識し、感受し、享受し、受苦するということは、すでにその世界が〈私〉としてあるということである。そもそも、世界を意識し、感受し、享受し、受苦するのは〈私〉以外ではありえず、〈私〉なくして、意識する、感受する、享受する、受苦するということは意味をなさない。要するに、そのように生きられる世界はすでに〈私〉として、つまりは「内部の世界」として、存在するということである。

ところで、何かを意識し、感受し、享受し、受苦するのは、つねに〈今〉である。そればかりか、過去のことを思い出したり、未来のことを予測したりするのも、〈今〉なのだ。しかしそれは、たまたま〈私〉が、〈今〉に居合わせたからということではない。〈私〉はつねに〈今〉にいる。つまり、〈私〉であるということは、〈今〉にいるということ自体なのである。それでは、〈今〉とはどういうことなのか。常識的にいえば、〈今〉とは無限の時間の連なりの任意の一点でしかなく、たまたま自分＝〈私〉が居合わせている一点が〈今〉だということになる。しかしそのように考えるのは、すでに主体としての自己が世界を対象化し、客観化してしまっているからである。真実は逆であって、〈私〉がいるから〈今〉があるのではなく、〈今〉があるから〈私〉がいるのだ。そもそも、〈今〉なくしては、〈私〉が存在しないだけでなく、世界もまたありえない。〈私〉ばかりか、世界全体が〈今〉においてある。しかも、現在の世界だけでなく、過去および未来の世界も含めて、一切が〈今〉に含まれる。要するに、〈今〉とは、〈私〉と世界が同時に——あるいはむしろ〈私〉＝世界として——現出する場なのである。〈私〉＝世界の原点としての〈今〉。

〈今〉は、〈私〉＝世界の原点であるがゆえに、究極の真理である。というのも、〈今〉が〈私〉＝世界の原点であるとすれば、それがすべての始まりであって、それを超えるいかなる現実も存在せず、したがって〈今〉の原因や根拠といったものはどこにもないからである。逆に〈今〉こそ、すべての原因にして根拠なのであって、それゆえまた、〈今〉を真の現実と言ってもよいし、真の自己と言ってもよい。このように、〈今〉においてある世界、すなわち「内部の世界」こそ、私たちがほんとうに生きている世界、真実の世界なのだ。

むろん、無数の人間、無数の〈私〉が存在するということは、無数の〈今〉があるということであり、それゆえに無数の「内部の世界」が存在するということである。しかも、その無数の「内部の世界」は、それぞれにまったく異なる世界、まさに別の宇宙なのである。

たったひとつの世界があるのではなく、個人の数だけ世界がある。そしてそれらの世界はすべて違っている。（C-232）

II　ラスキン論（1）偶像崇拝

プルーストがラスキンを知ったのはいつ頃のことかはっきりしないが、彼がラスキンにひかれ、その著作を熱心に読むようになったのは、一八九九年頃からとされている。プルーストがラスキンにひかれ、数年のあいだ、ラスキン研究に文字通り没頭した理由は何であったか。それは、一言でいえば、ラスキンが〈美の信仰者〉であったからである。

彼は純粋な審美家であり、彼の信奉する唯一の宗教は美の宗教だと言われたが、じっさい、彼は生涯にわたって、美を愛してやまなかった。（CS-108, 109）

ラスキンの持つこれほど多くの相貌のうちでも、私たちにもっともなじみ深いのは〔……〕生涯を通じてただひとつの宗教、すなわち〈美の宗教〉しか知らなかったラスキンである。（CS-109）

しかし、ラスキンの唯一の宗教が〈美の宗教〉であったとしても、それはこうした言葉から連想されがちな耽美主義などとはまったく性格を異にする。〈美の信仰者〉としてのラスキンについて、プルーストはつぎのように述べている。

もしひとが美というものを、もっぱらそれが与えてくれる快楽ゆえに愛するとすれば、その愛は不毛のままに終わるだろう。そして、幸福を幸福自体のために追い求めれば、やがては倦怠に陥るだけであり、幸福を見出すには幸福以外のものを探し求めなければならないのと同じように、美的快楽は、美をそれ自体として、私たちのそとに存在する現実的な何か、それが与えてくれる喜びよりもはるかに重要な何かとして愛するときに、おまけとして私たちに与えられるのである。そしてラスキンは、ディレッタントや耽美主義者であるどころか、まさにその正反対の人間、あらゆる快楽の虚しさをみずからの天才によって告げ知らされると同時に、永遠の現実が自分のすぐそばにあることを霊感によって本能的に感じ取っているカーライル風の人間のひとりだった。彼らに与えられた才能とは、この現実の全能性と永遠性を讃えるべく、熱狂的に、しかもまるで良心の命令に従うかのように、自分たちのはかない生を捧げることなのである。解読しなければならない宇宙に向けて注意深く不安に満ちた眼差しを注ぐこれらの人びとは、彼らを導くデーモンであり、彼らの耳に語りかける声でもある一種の霊感、天才的人間だけに付与された永遠の霊感によって、彼らの特異な才能の特殊な光を現実のどの部分に振り向けるべきかを告げ知らされている。ラスキンに付与されたこの特異な才能とは美の感情であり、彼は芸術と自然とをその美しさゆえに等しく愛した。こうして真の現実を見出すべく生来の気質が彼を導いたのは美のなかであり、すぐれて宗教的な彼の生は、もっぱら美的な形をとることになった。だが、彼が生涯を捧げたその〈美〉とは、彼にとって、生を魅了するための享楽の対象ではなく、生よりも限りなく重要な、そのためには生命を犠牲にしても惜しくない現実と考えられていたのである。

(CS-110, 111)

このように、プルーストによれば、ラスキンにとって美とは、永遠にして全能なる現実、しかも「生を魅了するための享楽の対象ではなく、生よりも限りなく重要な、そのためには生命を捧げても惜しくない現実」、それを前にしてはいかなる快楽も虚しい、そうした現実であった。したがって、ラスキンからすれば、芸術家の義務とは、この美を忠実に、そこに何ひとつ不純なものを加えず、作品に表現することである。

カーライルにとってと同様、ラスキンにとって、詩人とは自然の秘密の重要な部分を自然が口述する通りに書き取る一種の書記である以上、芸術家の第一の義務とは、この崇高なるメッセージに、自分自身の考えを何ひとつ付け加えないことであるのがお分かりになるだろう。(CS-111)

美とは、通常考えられているように、人間が創り出すものではない。つまり、主体としての自己の産物ではない。美は主体としての自己の外部、主体としての自己を超えたところにある現実であって、主体としての自己の働きは美の認識を曇らせるだけである。たとえば、美を所有の対象、あるいは快楽の対象と見なすだけで、さらには知性によって捉えようとするだけでも、すでに美は逃れてしまう。美を正しく認識するには、利己心を、私心を、つまりは主体としての自己そのものを、ひたすら虚しくして、美に仕えることが求められる。

しかし、以上のようなラスキン像は一時の熱狂や崇拝の念から生まれたものにすぎず、それはむしろプルースト自身の理想像であったと言えよう。じっさい、以上見たようないわば手放しのラスキン礼讃は、やがて、かなり冷ややかな批判へと変わっていく。プルーストは、熱狂と崇拝の念にかられてラスキンの著作をつぎつぎに読んでいくうちに、そしてとりわけ『アミアンの聖書』の翻訳を通じてラスキンの文章ないし文体そのものに注意深く接していくうちに、美や真理に対する無私なる献身を語る文章そのものの背後に、何かしら不純なもの、ひそかな不誠実さ、エゴイズムといったものを感じ取るようになったのである。その不純なもの、不誠実さ、エゴイズムとは、信仰における偶像崇拝にたとえられるもの、ラスキン自身の言い方を借りれば、「私たち自身の十字架を負うよう私たちにお命じになる主の、いま現に発せられている呼びかけには従おうとせず、心情や精神の最良の部分において、私たちが自分で創り出した愛着深いイメージあるいは悲しいイメージにひたすら奉仕するという事実」に比すべきものである。「ラスキンの著作の根底に、また彼の才能の根源に、まさにそのような偶像崇拝が見出されるように思われる」とプルーストは言う。むろん、ラスキンが意識的に、あるいは意図的に、不誠実であったわけではない。むしろ彼の行動は、その生涯にわたって、誠実で高潔なものであった。

しかしながら、〔彼が克服した〕行動のディレッタンティズムよりももっと内面的なディレッタンティズムが存在するのであり、彼の偶像崇拝と誠実さとの文字通りの戦いは、生涯のある時期、著作のある箇所で行われたというものではなく、あらゆる瞬間に、私たち自身にもほとんど知られていない深い領域において、すなわち、私たちの人格が、想像力からイメージを、知性から思想を、記憶から言葉を、それぞれ受け取り、それらを絶え間なく選び取ることによって自己を確立しつつある領域、またそれによって私たちの知的・道徳的生活の命運がいわば絶えず賭けられている領域においてこそ、なされていたのである。そうした領域において、ラスキンは絶えず偶像崇拝の罪を犯していたという印象を私は抱く。（CS-130）

このように、プルーストによれば、ラスキンは生涯を通じて、彼自身の精神の内奥において、絶えず偶像崇拝の罪を犯していたのだが、その偶像崇拝とは、具体的にはつぎのような形を取って現われる。

彼が誠実さを説くまさにその瞬間、彼自身、言葉の内容においてではなく、その言い方によって、誠実さに背いていたのだ。彼が説いた主義主張は、道徳的主張であって、美的主張ではなかったが、じつは彼は美しさのゆえにそれらの主張を選んだのであった。しかも、彼はそれを、美しいものとしてではなく、真なるものとして示そうとしたので、それらを取り上げるに至った理由の本質について、自分自身を偽らざるをえなかった。（CS-130）

言い換えれば、「そこでは、理論的には〔……〕美が道徳感情と真理とに従属させられているとしても、じつは道徳感情と真理のほうが美的感情に隷属させられており、しかもその美的感情が、この絶えざる妥協によって、いささか歪められている」のである。その一例として、プルーストは『ヴェニスの石』のなかの「ヴェニス衰退の原因」の一節を挙げている。ラスキンはそこで、「ヴェニスの人びとの罪が他の人びとのそれよりも許しがたいものであり、事実、よりきびしく罰せられたのは、石灰岩の聖堂のかわりに、色とりどりの大理石の教会を持っていたためであるとか、総督官邸が町の反対側の端ではなくサン＝マルコ寺院のすぐ横にあったからだとか、ビザンティン様式の教会では、聖書のテキストが、北国の教会堂の彫刻のように、単に図像で表わされているだけでなく、モザイクのうえに福音書ないし預言書からの引用が文字で飾られていたからだ」というようなことを述べているが、「もしラスキンが自分自身に対してまったく誠実であったとしたら、そのようなことは考えなかったはずだ」とプルーストは言う。ラスキンがそのようにあいまいな、こじつけとも言えることを書いたのは、おそらくは彼自身も意識のレベルではそう信じていたように、その道徳的主義主張のゆえではなく、じつはそうした主義主張を述べるさいに自分の宗教的・美術史的教養や博識をふんだんに振り撒くことによって作り出される絢爛たるイメージ、だが結局はエゴイズムによっていささか歪められ、汚された美的イメージゆえなのであり、そこに述べられている道徳的主義主張はむしろ美的イメージを作り出すための一種の口実にすぎず、それゆえにその主義主張は二の次の問題に成り下がっているのだ。ここで問題となっているラスキンの文章とはつぎのようなものである。

これらの大理石が透明さを際立たせるようにカットされ、これらのアーチが虹色に飾り立てられたのは、富の気まぐれによってでもなければ、目の楽しみや生活の奢りのためでもない。それらの色彩のなかには、かつて血のなかに書き込まれたメッセージがふくまれており、それらの建物の穹窿には、やがて天の穹窿を満たすはずの音がふくまれているのだ――「やがて彼が現われ、審判を与え、裁きを下すだろう」。その言葉を記憶にとどめているかぎり、ヴェニスは権勢を与えられていたが、それを忘れたとき、崩壊の日は来た。その日は決定的にやって来た。なぜなら、ヴェニスにはその言葉を忘れる口実がまったくなかったからである。かくも栄光に輝く聖書を持つ都市は、かつてなかった。北国の民にとっては、荒削りの薄暗い彫刻が、彼らの神殿を、ぼんやりとした、ほとんど読み取ることのできない図像で満たしていた。だがヴェニスでは、東方の芸術と財宝がひとつひとつの文字を金色に彩り、各ページを輝かせ、ついには寺院＝聖書そのものが、東方の三博士のように、遠くから光を放つほどであった。（CS-131）

たしかにこの文章は美しいと言えよう。「壮麗な暗闇と玉虫色の輝きを背に、旧約および新約聖書のすべての人物像が立ち現われるサン＝マルコ寺院そのもののように、美と宗教性が混在するイメージに満ちたこのページそのものが神秘的である」。だが、この文章の持つ絢爛たる美しさ、そこから喚起される「ひじょうに強烈な美的体験」には、何かしら偽りのもの、不純なものが含まれているように思われる。そしてプルーストは、みずからの体験を交えながら、その原因をつぎのように解明する。

私は、ほかならぬサン＝マルコ寺院のなかで、はじめてこのページを読んだときのことを覚えている。夕立が来て、あたりが暗くなった一刻、モザイクは、それ自体の物質的な光と、教会内部の地上的で古めかしい黄金の光に輝くだけであり、ふだんは鐘楼の天使たちまで燃え上がらせるヴェニスの太陽も、そこには少しも光を差し込ませてはいなかった。周囲の闇のなかから輝きを帯びて立ち現われる天使たちに囲まれて、このページを読みながら、私はひじょうに深い感動を覚えていたが、おそらくその感動はあまり純粋とは言えなかったにちがいない。美しい神秘的な像を見る喜びはいっそう大きくなったとはいえ、その喜びは、光輪に包まれた彼らの額のそばに、ビザンティン文字で浮かびあがってくるテキストを解読できることに感じていたいわば博識の楽しみによって、変質させられていた。それと同じように、ラスキンのイメージの美しさは、聖なる文章に依拠する誇りによって輝きを増すと同時に腐敗させられていたのである。こうした博識と芸術の混じり合った喜びのなかでは、一種の利己的な自己回帰を避けることはできないのであり、そこでは、美的快楽がより鋭くなりうるとはいえ、さほど純粋なままではありえないのだ。

(CS-133)

プルーストは「ラスキンのイメージの美しさは、聖なる文章に依拠する誇りによって輝きを増すと同時に腐敗させられていた」と言い、またそこから生まれる喜びとは「博識と芸術が混じり合った喜び」にほかならないという。すなわち、ラスキンの文章に感じられる絢爛たる美しさの印象は、美それ自体に由来するのではなく、本来の美に博識を誇るという利己的な自己満足がひそかに混じり合うことによって生じたものにほかならず、したがって、そこでは「美的快楽がより鋭くなりうるとはいえ、さほど純粋なままではありえない」のである。

だが、このように「博識と芸術の混じり合った喜び」が生まれることの根底には、そもそも、博識と芸術を混同するということ、博識と芸術に対して同じ態度をとるという事態がひそんでいるはずである。では博識とは、また博識を誇るとは、どういうことか。博識とは、言うまでもなく、他人よりも多くの知識を持つことであり、また博識を誇るとは、他人よりも多くの知識を所有しているという自負心、自己満足から生まれる喜びにほかならず、その根底には、知識を自分の所有物と見なすという事態が潜んでいるはずである。したがって、博識を芸術と混同するということは、結局、美というものを知識と同様に所有しうる〈物〉と見なすということであり、かくして、美を〈私の物〉とすることで、その所有をひそかに誇るという事態が生まれる。

プルーストが「こうした博識と芸術の混じり合った喜びのなかでは、一種の利己的な自己回帰を避けることはできない」、あるいは「そこに含まれる教化主義が博識なひとに与える快楽は利己的なものである」と言うのは、まさしくこうした事態を指しているだろう。プルーストがラスキンの文章の美しさのなかに嗅ぎつけたのは、ラスキン自身のこうしたエゴイズム、おそらくはラスキン自身も気づいていないエゴイズムにほかならなかったのである。

それにしても、美を知識のように所有しうる〈物〉と見なすこと、さらには美を〈私の物〉とすることに、いったいどんな不都合があると言うのだろうか。それは単に、美を私物化したいというエゴイズムに対する道徳的批判なのだろうか。ところでプルーストは、自分がラスキンにきびしい批判を下したことについて、つぎのように述べている。

私がここで戦いを挑んでいるのは、私にとってもっとも愛着深い美的印象に対してであり、しかもそれは、知的誠実さをぎりぎり最後の、もっとも非情な限界にまで突き詰めようとしてのことなのである。私が、いわば絶対性の名において、ラスキンの著作について、というよりその霊感の本質とその美の質について、一般的留保をするとしても、私にとって、彼が、あらゆる時代、あらゆる国を通じて、もっとも偉大な作家であることには変わりない。私はラスキンの個人的欠陥を告発しようとしたのではなく、むしろ、このような考察にとりわけ好都合な〈主題〉として、人間精神に本質的な欠陥性を彼のなかに捉えようとしたのである。（CS-134）

プルーストがここで直面しているのは、プルースト自身の文学的生命そのものにかかわる問題、それゆえ、まさに「絶対性の名において」対決すべき問題であった。というのも、ここで言う「人間精神に本質的な欠陥性」とは、ほかならぬ美の認識にかかわる問題なのである。すなわち、ここでプルーストが問題にしているのは、人間の精神は本来的に美を正しく認識できない、あるいは精神みずからの働きによって美を歪めてしまうという深刻な事態であり、そしてその根本原因が、ラスキンにおいて典型的に見られるように、美を所有しうる〈物〉と見なしてしまう、あるいは美を自分の享楽の対象にしてしまうという私たちの抜きがたい精神態度にあると言うのである。じっさい、私たちはふだんの生活において、ほとんどあらゆるものに対して、それを自分の所有の対象、あるいは享受の対象と見なすという態度をとっているのであって、美に対しても、私たちはこうした態度をとることを、つまりは「一種の利己的な自己回帰」を、まぬがれない。プルースト自身、それをまぬがれるためには、「知的誠実さをぎりぎり最後の、もっとも非情な限界にまで突き詰めようと」努めねばならなかったのである。

それでは、美を知識のように所有しうる〈物〉と見なす、あるいは自分の享楽の対象物と見なすという、人間にとってごく自然と思われる精神態度が、なぜ美そのものを歪め、美を正しく認識することを妨げることになるのか。それは、端的に言って、〈物〉として所有することができる美、また享楽の対象と見なされうる美とは、真の美ではないということである。そもそも、真の美、つまり美そのものは、所有の対象、享受の対象にはけっしてなりえない。というのも、真の美、美そのものは、私たち自身、つまり主体としての自己のそとに、その対象としてあるわけではないからである。真の美、美そのものは、私たちの精神の根底に、私たちの精神の根拠・根源としてある。すなわち、真の美、美そのものとは、〈私〉と世界が同時に――というよりも〈私〉=世界として――現出する場、つまりは〈私〉=世界の原点としての〈今〉の働きから生まれるのである。

私たち、つまり主体としての自己も、こうした始原としての〈今〉の意識そのものとしての自己から派生したものであるが、私たちの主体としての自己は、始原としての〈今〉の意識そのものとしての自己――プルーストによれば、それこそ私たちの真の自己である――から離脱した自己にほかならない。つまり、もともとは始原としての〈今〉の意識そのものであった自己が、〈今〉から離脱する形でみずから主体となったのが、通常、私たちがそうであるところの自己にほかならない。それゆえ、私たちが主体としての自己であるということは、真の主体であるところの〈今〉、〈私〉＝世界の原点としての〈今〉を否定すること、あるいは忘却することを意味する。そして、私たちが主体としての自己になると、自分以外のものはすべてこの自己の対象となる。かくして外部の世界が成立するのであり、それとともに、〈私〉＝世界の原点であるはずの〈今〉も、無限の等質的時間の任意の一点でしかなくなる。要するに、私たちが主体としての自己であるかぎりにおいて、〈私〉＝世界の原点としての〈今〉などというものは、もはやどこにも存在しないのである。

しかし、主体としての私たちも、ふだん私たちが生きている世界、つまり外部の世界も、もともとは始原としての〈今〉から生まれたのであり、たった今もなお、この〈今〉によって生かされ、在らしめられているとすれば、〈今〉の働きである美というものを私たちがまったく感じないということもありえないだろう。じっさい、私たちはいたるところに――たとえば、風景や静物や人間、さらには芸術作品に――美を見出す。むろん、そうした具体的な個々の対象のなかに美を見出すこと自体が誤りだというわけではなく、そもそも、私たちはそうした具体的な対象を通じてしか美を感受するすべはない。問題は、美がそうした具体的な対象に内在していると考えること、つまり、美とはそれらの対象に固有に備わるものであり、それらの対象を所有することによって、その美をも同時に所有できると考えることであり、それこそプルーストが偶像崇拝と呼んでいる事態なのである。

以上のように、私たちが美を正しく認識することを妨げている根本の原因は、私たちが主体として生きていること自体にあると言わねばならない。すなわち、私たちは、認識主体として、美を対象化し、客体化すると同時に、欲望の主体として、美を所有の対象、享楽の対象としてしまうのであるが、そのように主客二元論の立場から、またエゴイズムの立場から捉えられた美、つまり所有しうる〈物〉と見なされ、享楽の対象とされた美とは、真の美ではなく、それはせいぜいのところ、生命を失って形骸化した美、あるいは美の遠い反映でしかない。しかも、そのように美に対することは、ほとんどすべての人間に共通する私たちの日常的態度、私たちの日常的自我のあり方そのものなのであり、それゆえにプルーストは、美を正しく認識することの不可能性を「人間精神に本質的な欠陥」と呼ぶのである。私たちは、主体としての自己であるかぎりにおいて、美を正しく認識できないのであって、たとえば、私たちが誰かを愛するとき、その愛がどれほど純粋で高貴に思われようとも、それが主体としての私たちの欲望であるかぎり、美の認識においては妨げとならざるをえないのである。

「お前の目がそう言うなら、私もそれを美しいと言おう」と詩人は言う。しかしそれが愛する女性の目を意味しているとすれば、この言葉はあまり正しくない。ある意味で〔……〕愛は私たちから自然の詩情を奪ってしまう。恋する男にとって、大地はもはや恋人の「子どものような美しい足が踏む絨毯」にすぎず、自然は「彼女を祀る神殿」でしかない。あれほど多くの深遠な心理的真理を発見させてくれる愛も、自然の詩的感情に対しては、逆に私たちを閉ざしてしまう。というのも、愛は私たちを自己中心的な気持ちにしてしまい（エゴイズムの位階のなかでは、愛はもっとも高い段階に位置するが、エゴイストであることには変わりない）、そんなときには詩的感情は生まれにくいものなのだ。（CS-139）

もう一度、ラスキンに話を戻すと、彼が美を「生を魅了するための享楽の対象ではなく、生よりも限りなく重要な、そのためには生命を犠牲にしても惜しくない現実」と考えたこと自体はけっして間違いではなかった。たしかに美は、この世の生を超えた永遠の現実である。だが、ラスキンはこの超越の方向を見誤った。すなわち彼は、それを外在的超越であると考えることによって、美は私たち自身の生の根拠・根源であるという事実を見失ってしまったのである。美が私たちの主観を超越するとしても、それはあくまで内在的超越であり、それゆえ美を正しく認識するためには、主観のそとに、対象として、客体として、美を求めるのではなく、逆に、どこまでも主観の根底、みずからの精神の内奥に沈潜して行かねばならないのだ。

ラスキンはついにこの事実に思い至らなかった。つまり彼は、彼自身の精神の内奥に至り、そこにおいて私たちの生、私たちの存在の根拠・根源として働く美の作用を認識することができなかったのである。美はけっして外側からは捉えることはできない。美は私たちの生の産出活動そのものであって、それは、私たちが主体であることをやめ、その産出活動のうちに入り込み、私たち自身がその産出活動の意識そのものとなることによってのみ、その真実の姿を私たちに明かすだろう。そしてそのようなことが可能になるのは、私たちがこの産出活動を人間の言葉によって表現することを通じてであろう。すなわち美とは、私たちの創造活動によってのみ、あるいは私たちの創造活動としてだけ、それを真に認識できるのである。

Ⅲ ラスキン論（2）「読書の日々」

プルーストがみずから訳出したラスキンの『胡麻と百合』に序文として付した「読書について」（のちに「読書の日々」と改題）というエッセーは、まさしく美ないし真理と私たちの創造活動との関係を主題としている。このエッセーの冒頭には、プルースト自身の少年時代の読書をめぐる美しい回想が置かれているが、それは「〈読書〉と呼ばれる独特の心理的行為」を読者に追体験させ、それによって読書の機能と役割についてラスキンが抱いている誤った考えを打ち破るためであった。しかしここでもまた、真に問題となっているのは、単にラスキン一個人の過ちではない。プルーストの批判の真の対象は、ラスキンのそれに代表される読書観の根底にある美ないし真理についての固定観念であり、一般に共有されているそうした観念を批判することを通じて、プルーストはみずからの美ないし真理観を明らかにしようと試みる。

ラスキンの読書観はきわめて常識的なものであり、昔から繰り返し言い続けられてきたものである。

それは「どんなものであれ、優れた書物を読むことは、その著者であった過去のもっとも立派な人びととの会話のようなものだ」というデカルトの言葉によって要約できるが、ラスキン自身はつぎのように述べている。

友人を上手に選ぶ意志と知性の両方を兼ね備えていると仮定しても、私たちのなかでじっさいにその能力を発揮できるひとはどんなに少なく、また選択の幅もどんなに限られていることでしょう。望み通りの人びとと知り合いになれるというわけではないのです。〔……〕ところが、私たちの地位がどうであれ、私たちが望めばどれほど長い時間でも話しかけてくれる人びとの社会があるのです。しかもその社会は絶えず私たちに開かれています。その社会はあまりに数多く、親密であり、一日中でも自分のそばで待たせておくことができるので——王や政治家たちが、私たちを謁見するのではなく、逆に私たちからそれを得るために辛抱強く待っているのですから——私たちは図書館の書棚という簡素な家具を備えただけの控えの間にそれを探しに行こうとはけっしてしないのです。（CS-173, 174）

ラスキンが言わんとしているのは、結局、「読書とは、私たちが身近に知り合う可能性のある人びとよりもはるかに賢明で興味深い人びととの会話にほかならない」ということであるが、それに対してプルーストは、「たとえ人間のうちの最大の賢者とのそれであれ、読書をそんなふうに会話と同一視するわけにはいかない」と言う。プルーストによれば、読書と会話が異なる第一の点はそのコミュニケーションのあり方である。

書物と友人が本質的に異なるのは、どちらの知恵が優れているかということではなく、そのコミュニケーションのあり方の違いなのである。読書もまた私たちひとりひとりが他者の思想を受け取ることにほかならないとはいえ、会話とは逆に、読書はたったひとりで行われるのであり、つまりそれは、会話においてはたちまち消散してしまう知性の力を孤独のなかで十分に享受し、霊感を受けられる状態において、精神がみずからに対して実り豊かな活動を続けている最中になされるコミュニケーションなのである。（CS-174）

ここで問題になっている「会話においてはたちまち消散してしまう知性の力」とは、むろん、私たちがふつう言うところの知性とはまったく異なるものである。ふつうに知性と言われているものは、まさしく他者に向かったときに、会話のなかで特に活発に働くものであるが、ここでプルーストの言う知性とは、逆にひとりでいるとき、孤独のなかではじめて働き始める知性、精神がみずからの内奥に向かって働きかける活動そのものであり、そしてこの知性こそ、霊感を受けられる唯一の知性、つまりは精神の内奥において美や真理を直接受け取ることのできる唯一の知性なのである。プルーストは、ふだんの生活においては眠っているこの知性が、読書の最中に目覚め、活動しているのだと言う。

このように、「精神がみずからに対して実り豊かな活動を続けている最中になされる」という点において、読書が会話に勝るコミュニケーションであることをプルーストは強調するが、にもかかわらず彼は、ラスキンが読書に認めている長所、すなわち読んでいる本の著者の豊かな叡智をそっくりそのまま受け取り、その叡智を自分のものにすることができるという長所を認めることはできないと言う。

読書とは、その独特の本質において、つまり孤独のただなかにおいてなされるコミュニケーションという実り豊かな奇跡であるという点において、ラスキンが言った以上の何か、彼の主張とは異なる何かだと私は信じているが、にもかかわらず、私たちの精神生活のなかで、彼が振り当てているように思われる卓越した役割を、読書に認めることができるとは思わない。（CS-174）

読書とは、ふだんの生活においては眠っている特殊な知性、すなわち美や真理を直接感受することができる知性が働いている状態におけるコミュニケーションであるにもかかわらず、このコミュニケーションにおいて、本の著者は読者自身が欲する美や真理そのものだけはけっして伝えてくれないとプルーストは言う。むろん、本の著者は彼自身の美なり真理なりを、その本のなかで語っているはずであり、そしてたしかに読書という特殊なコミュニケーションを通じて読者にも伝わるだろう。だが著者の伝えるこの美や真理はけっして読者自身の美や真理そのものではありえないのであって、著者の伝える美や真理は、読者のうちに彼自身の美や真理の欠如の意識を目覚めさせ、読者をそれらの探求へと駆り立てるという役割を果たすにすぎないのである。

それは事実、著者にとっては〈結論〉であろうが、読者からすれば〈うながし〉というべき優れた書物の偉大で素晴らしい性質のひとつなのだ（そしてそれは、読書が私たちの精神生活のなかで果たすべき、本質的であると同時に限定された役割を私たちに理解させてくれるはずである）。本を読んで、私たちがつくづく思うのは、私たちの叡智がようやく始まったところで著者のそれが終わってしまうということである。じっさい、私たちは答えを与えてほしいと思うのに、著者がなしうるのはせいぜい欲望を与えることだけなのである。しかも、著者がそれらの欲望を私たちの心に目覚めさせることができるのは、まさしく、彼の芸術の最後の努力を傾けて到達しえた至高の美を観照させることによってなのだ。ところが、精神の光学の奇妙な、とはいえ摂理的でもある法則（おそらくは、私たちは誰からも真理を受け取ることができず、自分自身でそれを創り出さなければならないという法則）によって、彼らの叡智の到達点が私たちの叡智の始まりとしか見えず、そのために、彼らが言いうることはすべて言い尽くしたときになっても、まだ何も言っていないのではないかという気分になるのである。

（CS-176, 177）

以上のことは、絵画を見たときの感動のあり方についても言えるだろう。たとえばミレーの『春』を見て、あるいはモネの描いた『ジヴェルニーの岸辺』を見て、その美しさに感動する。しかし、それらの絵が美しければ美しいほど、私たちはその絵に感動するだけでは物足りなくなって、じっさいにミレーが『春』に描いたあの畑に行ってみたい、モネが描いたセーヌのほとりのジヴェルニーの朝霧に包まれてほとんど見分けられないあの川の曲がり角に連れて行ってもらえたら、と願う。ところが、ミレーやモネが、その畑、その川の曲がり角を描いたのは、他の場所にくらべて格別にそれらの土地の風景が美しかったからではなく、たまたまそこに行ったり、滞在したりする機会に恵まれたためにすぎなかったのだ。

それらの土地が世界のよその土地とは違っている、よその土地よりも美しいと私たちに思われるのは、それらの土地が天才たちに与えた印象を、捉えがたい反映のようにとどめているからである。じっさい、彼らが描いたどんな土地に行っても、その無関心で従順な土地の表面に、いかにも独特の風貌をしたその印象がわがもの顔で歩き回っているのが見られることだろう。それらの土地が私たちを魅了すると同時に失望させもするあの外観、私たちがその向こう側まで突き抜けていきたいと願う外観こそ、いわば厚みを持たぬあのヴィジョンなるもの——画布のうえに描きとめられた蜃気楼——の本質そのものなのである。

(CS-177, 178)

ミレーが『春』に描いた畑、モネが描いたセーヌ河のほとりのジヴェルニー、それらの土地は、それ自体としては他のいかなる土地とも何ら変わるところはない。私たちの凡庸な目で見るならば、ふだんそこで暮らしている土地と同様、何の魅力もない、平凡な風景にしか見えないだろう。しかし、だからといって、ミレーの『春』やモネの『ジヴェルニーの岸辺』の美しさが、そこに描かれた風景自体とはまったく無関係に、彼らの精神からのみ生み出された主観的産物だというわけではない。それらの絵の美しさは、あくまで彼らがじっさいに見、描いた土地が彼らに与えた印象そのものであるが、ただし、その印象を捉えるには、彼らの天才と、その天才を生かすための絶えざる努力を必要としたということにほかならない。だが、たとえ彼らの絵がじっさいの風景から彼らが受けた印象を完璧に表現しているとしても、それによって、私たち鑑賞者をすっかり満足させることはありえない。なぜなら、そこに表現されている美とは、あくまで画家自身が発見し、そして創造した美、つまりは彼ら固有の美にほかならず、それはけっして私たち自身の美ではありえないのである。そのため私たちは、その絵のなかに表現された美に満足しきることはできずに、その画布の向こう側に突き抜けていきたい、つまりそこに描かれている土地にじっさいに行き、この目で本物の美しさを、私たち自身がかくあるべしと想像する美しさを見たいという渇望に駆られる。ところが、画家はまさにその瞬間に私たちを突き放す。なぜなら、「貪欲な私たちの目が突き破りたいと願うあの〔ヴィジョンと呼ばれる〕靄、それこそが画家の芸術の最後の言葉」なのである。

読書の役割も、結局、こうした絵画の役割と同じであり、それは私たち読者に、私たち自身の目、私たち自身の精神の働きによって、私たち自身の美や真理を見出したい、創り出したいという渇望を引き起こすことにあるのであって、出来合いの美や真理を私たちに与えることにあるのではない。

芸術家のそれと同じく作家の最後の努力もまた、宇宙を前にしながら私たちを無感動、無関心のままにとどめている醜さや無意味さのヴェールを、ほんのわずかに持ち上げてくれるだけなのだ。そのとき、彼らは私たちに言う――「見よ、見よ〔……〕見るがよい！　見るすべを学ぶがよい！」そしてその瞬間、彼は消え去る。それが読書の価値であり、また弱点である。もともと〈うながし〉にすぎないものをひとつの規律に仕立てあげたりすれば、読書に過分の役割を与えてしまうことになる。読書は精神生活の戸口にある。私たちをそこに導き入れることはできる。だが精神生活そのものを形作りはしないのだ。（CS-178）

一冊の書物は、著者が独自に真理を発見し、それを表現した結果であり、彼の個人的創造の産物である。かくして発見され、創造された真理とはあくまで著者自身の真理なのであって、他者はそれを自分の真理とすることはできない。それゆえ、読書はけっして私たち読者の精神生活を形作りはしない。だがいっぽう、書物というものが、著者が彼自身の真理を発見し、表現した結果であるなら、そこにはその創造行為の主体である著者自身の精神の働きそのものが体現されているはずであり、私たち読者も、書物に体現されているこの創造的精神の働きを感じ取り、そこからうながしを受け取ることは可能である。すなわち、この真理の創造主体としての精神の働きが、私たちのうちに、それに対応する精神、私たち自身の真理の創造主体であるべきはずの精神を目覚めさせるのである。こうした意味において、「読書は精神生活の戸口にある」、あるいは「私たちを精神生活に導き入れることはできる」と言えるだろう。私たちは誰しも、みずからの真理を発見し、創造するための精神の機能を備えている。だがこの機能はふだん精神の奥底で眠っており、私たち自身の力によってそれを目覚めさせることはほとんど不可能なのだ。読書は、独力では活動させることのできないこうした精神の機能を目覚めさせる刺激となりうる。そしてここに、読書の最大の役割がある。

ところで、怠惰や軽薄さに妨げられて、自分自身のなかの、真の精神生活が始まる深い領域まで自発的に降りていくことができない、そうした精神の持ち主がじっさいに存在する。ひとたびその領域に導き入れれば、それらの精神は自力で真の豊かさを発見し、それを活用できないわけではない。ただ、外部からの介入がなかったなら、彼らは表面だけで生き続け、自分自身をすっかり忘れ、一種の受動性に陥って、あらゆる快楽に翻弄され、彼らを取り囲み、彼らをそのかす連中と同じ背丈にまで縮んでしまう。そしてちょうど、幼い頃から追い剥ぎたちと生活をともにし、あまりに長いあいだ名乗らなかったために自分の名前さえ思い出せなくなったあの貴族のように、彼らもまた、そとからの刺激によっていわば力づくで精神生活にふたたび導き入れてもらい、そこですみやかに自分で思考し創造する力を見出すようにならなければ、やがては彼ら自身の高貴さの感情も記憶も、彼らの内面からすっかり消え失せてしまうだろう。ところで、怠惰な精神が自分自身のなかに見出すことができず、他者から受け取るしかないこの刺激、それは孤独のただなかでこそ受け止めなければならないことは明らかである。というのも、すでに見たように、まさしく彼のなかに蘇らせようとしているあの創造活動は、孤独の状態以外では生まれるはずがないからだ。怠惰な精神は、創造活動を自力で始動させることができない以上、完全な孤独からは何も引き出せないだろう。とはいえまた、もっとも高貴な会話も、このうえなく懇切な助言も、かの独特の活動を直接生み出すことができない以上、やはり何の役にも立たないはずである。したがってこの際必要なのは、他者からやって来て、しかも私たちの内部で行われる介入であり、他の精神から発するものであるが、孤独のただなかで受け止められる刺激なのだ。ところがすでに見たように、それはまさしく読書の定義そのものであり、しかもその定義は読書にしかあてはまらない。

（CS-179, 180）

以上がプルーストの読書論の結論ともいうべき部分であるが、それでは読書によって私たちが導かれる「自分自身のなかの、真の精神生活の始まる深い領域」とはいったい何を意味するのか、またそもそも「真の精神生活」とはいったいどんな生活を言うのか。

まず注意すべきことは、この精神生活は精神の深い領域において、孤独のただなかで始まるということである。つまりそれは、他者を前にしての会話に代表されるような精神生活とはまったく対極的な精神活動であって、それゆえに、私たちがそとに向かって生きるかぎり、すなわち他者と交わり、社会のなかの一個人として生きるかぎり、私たちはこの「自分自身のなかの、真の精神生活が始まる深い領域」に背を向け、それを忘れ果て、かくして私たちは「人生の表面で生き続け、自分自身をすっかり忘れ、一種の受動性に陥って、あらゆる快楽に翻弄され、〔自分〕を取り囲み、〔自分〕をそそのかす連中と同じ背丈にまで縮んでしまう」ことになる。逆に孤独のなかで、みずからの内面に沈潜し、この精神の深い領域に至れば、私たちの精神は「自分で思考し創造する力」を見出し、「自力で真の豊かさを発見し、それを活用する」ことが可能になる。つまりこの精神生活とは、私たちの精神の内奥において、精神が精神自体に働きかけることによって行われる一種の創造活動なのである。そしてこのような創造活動とは、私たちの精神が精神みずからの真理を、言い換えれば、精神みずからの根拠・根源そのものを発見し、意識の明るみにもたらす活動にほかなるまい。

プルーストが言うところの真理、すなわち他者からは受け取ることができず、ただひたすら自分自身の力によって創り出さなければならない真理とは、まさしく私たちの精神自体の根拠・根源として真理なのであって、それゆえに、この真理は私たちの外部に、他者との交際や社会生活のなかに求めることはできず、ただ私たち自身の精神の内奥に沈潜することによってはじめて見出されるものであり、またこの真理が私たちの精神自体の根拠・根源そのものであるがゆえに、この真理を見出すことがそのまま「真の精神生活」を形成し、私たちの「真の豊かさ」となるばかりか、この「真の精神生活」を生きることによって、私たちは「自分自身」を取り戻すのである。

このように見てくれば、プルーストがここで「真理」と呼んでいるものが、〈私〉＝世界がそこから現出してくる〈今〉、始原としての〈今〉の別名であることは明らかであろう。逆にまた、ここでプルーストが「真理」と呼ぶものを始原としての〈今〉と考えることによってはじめて、この「真理」の特異な性格が十全に説明されるだろう。始原としての〈今〉とは、すでに見たように、私たちと私たちが生きる世界を主客未分のうちに在らしめる創造作用それ自体である。それゆえ〈今〉は、何よりもまず、私たちの主観の根底なのであって、それはけっして物のごとく対象化されることなく、私たちのそとに求めることはできない。〈今〉を真に認識するには、逆に精神の内奥に沈潜し、文字通り、主観の根底に至らなければならない。私たちがみずからの精神の内奥に至り、そこにおいて主観の根底であるところの〈今〉の働きに触れるときにはじめて、私たちの真の精神生活は始まる。だが、この精神生活とは一種の創造活動であって、それ以外ではありえない。というのも、〈今〉はそれ自体、私たちが生きる現実の産出活動にほかならないのであって、しかもその産出活動は私たちひとりひとりの根底において、絶対的にオリジナルな仕方——それを〈無からの創造〉と言ってもよい——で行われているのである。そうであるとすれば、私たちが〈今〉に触れ、〈今〉を生きるには、何よりもまず、私たちの精神自体が真に創造的になり、絶対的なオリジナリティを持たなければならないだろう。具体的に言えば、この「真の精神活動」とは——おそらくは宗教的実践を別として——人間的言語を用いての、つまりは文学、絵画、音楽等を通じての、芸術活動という形をとるだろう。〈今〉は、ただ真に独創的な芸術創造を通じてのみ、私たちの意識にもたらされる。〈今〉それ自体であるところの絶対的にオリジナルな真理を意識の明るみにもたらすこと、つまりはその真理を実現することこそ、芸術本来の、そして究極の任務なのである。

Ⅳ　サント＝ブーヴ論（1）　サント＝ブーヴの方法

一九〇八年から一九〇九年にかけて執筆され、草稿として残された『サント＝ブーヴに反論する』は、評論部分と小説部分とが分かちがたく結びついた作品であり、どちらが主とも従とも言えず、プルースト自身の重点の置き方もその時々でかなり流動的であったように思われる。このうち小説部分は、直接『失われた時を求めて』の生成につながるという点において重要であることは言うまでもないが、ここではあくまでプルーストの美学を問題にしているので、おもに評論部分に焦点を当てていく。ところで、評論としての『サント＝ブーヴ』執筆の動機は、「サント＝ブーヴの方法」の冒頭で明確に語られている。

自分で一番言いたいと思っていることを、とつぜん、二度と言えなくなってしまうかもしれないと思われるような時期ないし状況に、私はさしかかっている。あるいは、感受性の衰弱と才能の破産によって一番言いたいことを言うのが無理だとして、そのつぎに言いたいと思うこと、かの至高にして内密なる精神的現実ほどには価値は認められないとしても、これまでどこでも読んだ記憶はないこと、かの至高の現実ほどには私たちの精神の内奥にかかわるものではないとしても、もし今言わなければ二度と言われずにしまうだろうと思われること、それすら言えなくなってしまうのではないかと思われるような、そうした時期に、あるいはそうした状況に、私はさしかかっている。

（CS-219）

ここで「一番言いたいこと」、「かの至高にして内密なる精神的現実」とは、プルーストが美ないし真理と呼んでいる現実、すなわち〈私〉＝世界を主客未分のうちに現出させる〈今〉の働きそのものであることは当然予想されるが、「そのつぎに言いたいと思うこと」というのが「知性の真実」であることが「序文草案」の文章から明らかになる。そこにおいてプルーストは、いっぽうでは「私たち自身の内的本質をなしているこうした過去〔＝無意志的記憶によって蘇る過去、すなわち始原としての〈今〉を啓示する過去〕とくらべれば、知性の真実には現実性が感じられない」と言いながらも、つぎのような含みのある考察を付け加えている。

だが、さきほど触れた心情の秘密ほど貴重とは言えないにせよ、知性の真実にもそれなりの価値はある。作家は単なる詩人ではない。芸術上の傑作がことごとく、偉大な知性が難破したあとの漂流物にすぎないような不完全な社会に生きている以上、今世紀の一流作家といえども、心情の宝石を知性の横糸でつなぎあわせているような始末だし、その宝石もじつにまばらでしかない。そこで、この重要な点に関して、同時代の最良の人間たちまでが誤った考えを抱いているのを見ていると、怠惰に鞭打ってでも、そのことを指摘しておきたいと思うようになるものだ。サント

＝ブーヴの方法は、一見するところ、さほど重要な対象とは見えないだろう。だが、以下のページを読んでもらえば、それが知性をめぐるひじょうに重大な問題、芸術家にとってはおそらく最大の問題に、つまり冒頭で述べたあの知性の価値の低さということに、かかわるものであることが、おのずからお分かりいただけるだろう。ところが、この知性の価値の低さを明らかにしようとするにも、私たちは知性よりほかに頼るものがない。というのも、知性それ自体には至高の王冠を戴く価値はなくとも、その王冠を授与することができるのは知性だけなのだから。そして価値の階梯のなかで、知性が占めるのは第二の地位にすぎないとしても、第一位を占めるのは本能ないし直観だと宣言できるのは、ただ知性だけなのである。

（CS-216）

いったいどうして「知性の価値の低さを明らかにしようとするにも、私たちは知性よりほかに頼るものがない」のか。それは、日常生活あるいは社会生活において、私たちは何よりもまず知性に頼って生きているからである。日常生活あるいは社会生活において、知性は私たちの生の基盤そのものであり、それゆえ、私たちはすべてにおいて知性を出発点とするほかないのである。この問題をもう少し掘り下げて考えれば、つぎのようなことになろう。すなわち、始原としての〈今〉から離脱して、みずから主体となった私たちの自己のあり方が根本的に批判され、否定されねばならないとしても、私たち自身がすでに〈今〉から離脱して主体となってしまっている以上、私たちは主体である自分から出発するほかないのであり、それを認識面から見れば、主体としての自己の本性である知性それ自体を批判し、否定するにも、知性に頼るほかないということである。こうした知性の批判能力を用いて、プルーストは批評を試みようとする――まさしく、ありのままの現実の再創造という芸術の究極目的に対する知性の無力さを告発するために。

日増しに私は、批評というものに、あえて言えば知性にさえ、たいした価値を認めなくなりつつあるが、それは知性が、芸術のすべてであるところの現実の再創造という行為において、まったく無力であるという思いをますます深めているせいである。にもかかわらず、私は今、ほかならぬその知性に頼って、批評以外の何ものでもないエッセーを書こうとしている。サント＝ブーヴ。（CS-216）

それでは、なぜあえてサント＝ブーヴを取り上げるのか。それは、サント＝ブーヴがまさしく知性を批評の最大の武器として用い、それをひとつの厳密な方法に高めた批評家とされるからである。サント＝ブーヴ自身、つぎのように述べている。

私の考えでは、文学は、人間の文学以外の部分と、さらには人間の体質そのものと、区別できないものであり、少なくともそこから切り離すわけにはいかないものである。〔……〕宗教について、この作家はどう考えていたか、自然の光景をまえにして、どんなふうに心を動かされたのか、女のこと、金銭のことに関しては、どんなふうに振る舞ったか。金持ちだったか、貧乏人か。日々の生活態度や暮らしぶりはどんなだったか。どういう悪癖、どんな欠点があったのか、このような質問に対する答えはどんなささいなものであれ、純粋幾何学の論考ならいざ知らず、人生のすべてが込められているはずの文学作品の場合はとりわけ、ある書物の著者を、さらにはその書物自体を評価するのに無用なはずはあるまい。（CS-221）

ここに見られるのは、作家やその作品を、作家自身を取り巻く環境や彼の生活、すなわち彼を支配する外的要因によって判断し理解することができるという考えであり、その考えの根底にあるのは、人間の精神生活をも、心理的、社会的、歴史的等の外的諸条件の複合作用の結果として示そうとする当時の実証科学の精神である。この点において、たしかにサント＝ブーヴは批評の方法を厳密化し、それを科学に近づけたと言えるだろう。それゆえにテーヌは、「サント＝ブーヴ氏の方法は、氏の作品に劣らず貴重なものだ。その点、氏は創始者だと言っていい。氏は精神史のなかに、博物誌の方法を導入した」と言ったのである。むろん、批評の対象が日常世界および日常世界に生きる私たちの自己であるならば、サント＝ブーヴの方法はそれなりに有効であり、その方法が厳密な科学に近づけば近づくほど、より正確な解釈が得られるだろう。というのも、科学とは、少なくとも西洋近代科学とは、もともと、自と他、主体と客体の二元論に立ち、自己と世界をあくまで対象論理的に捉える認識方法であり、言い換えれば、自己を含め、世界というものを無限の外在的因果律の集積として捉え、この因果律の働きを正確に把握することによって世界の成り立ちを解釈しようとする方法であるが、この認識方法は、まさしく日常世界のあり方に、あるいは日常世界の構造そのものに、正確に対応している。すなわち、私たちがふだんそのなかに生きている日常世界自体が、どこまでも自と他、主体と客体との区別ないしは対立のうえに成り立っているのであり、そのあり方ないし構造自体が対象論理的なのである。

要するに、日常世界が成立したのも、さらにはそこから科学という認識方法が生まれたのも、その根本理由は、人間が主体として自己定立したことにある。人間が主体となり、自分以外のものをすべて対象として認識し、そうして対象化されて外部の存在となったあらゆる人間、あらゆる事物と交渉しつつ生きる世界、それが日常世界である。そして主体となって生きる人間にとっては、知性と意志が主要な武器となる。

しかしプルーストは、知性を最大の武器として用い、それをひとつの厳密な方法に高めることによって、近代批評を確立したとされるサント゠ブーヴを徹底的に批判する。

サント゠ブーヴの著作は底の深いものではない。テーヌやポール・ブールジェ氏、その他もろもろの文士によれば、サント゠ブーヴのかの有名な方法こそが、彼をして十九世紀批評界の比類なき巨匠たらしめたのだそうだが、その方法とは、人と作品を切り離さないこと、「純粋幾何学の論考」か何かでないかぎり、一冊の書物の作者を評価するのに、著作とはまるで無縁とも見えるさまざまな問い（作者はどのようにふるまったか、といった問い）に、あらかじめ答えておくのもむだではないと考えること、ある作家に関してできるだけ多くの情報を集めること、書簡集で事実を確認すること、作者と面識のあった人びとを訪ねて、健在ならじかに話を聞き、亡くなっている場合は作者について書き残してくれたものを読むこと、およそそうしたところに成り立っている。ところが、私たちが多少なりとも深く自分自身と付き合ってみれば分かることを、この方法は理解していない。つまり一冊の書物とは、私たちがふだんの習慣、交際、さまざまな悪癖などに現わしている自己とはまったく異なる、もうひとつの自己の所産なのだということ。このもうひとつの自己を理解しようと思うなら、私たちは自分自身の内奥に沈潜し、自分のうちにこの自己を再創造してみる以外に方法はない。こうした内心の努力を免除してくれるような口実は、何ひとつありはしない。この真実は、一から十まで、私たちが自分自身で創り上げねばならないのだ。
（CS-221, 222）

さらにもうひとつの文を挙げたい。

サント＝ブーヴは、詩的霊感や文学の仕事には特殊性があり、文学の仕事は、一般の人びとのさまざまな仕事とも、作家自身の文学以外の仕事とも、まったく異なるものであることが、ついに理解できなかったようだ。孤独のなかで、自分のものでもあれば、他人のものでもあるような言葉、たとえひとりきりでいても、自分になりきらないまま物事を判断しているようなときに私たちが使っている言葉、そのような言葉は黙らせてしまう、そのうえで、自分自身にあらためて面と向かい合い、自分の心の真の響きを聞き取り、それをそのまま表現しようとする——それが文学の仕事というものだろうが、サント＝ブーヴは、この仕事と会話とのあいだに、どんな境界線も引こうとしなかった。〔……〕

ここで彼が、作家の書くもののなかで、〔職業上の書物には〕曖昧で外面的な内容しか込められてはいず、親密な交際相手向けの文章にこそ、より深く、より内面的なものが秘められていると考えているのは、外面的なイメージにあざむかれているにすぎない。じっさいには、作家が一般読者に提示するのは、ひとりきりで、ひたすら自分のために書いたものであって、それこそが彼自身の作品なのである。親しい人たちに宛てて書かれた文章、つまり会話という形で書かれたもの（どんなに洗練された会話であっても、というより、もっとも洗練された会話こそ最悪なのであって、それは、精神生活と一体となることで、精神生活を歪めてしまうのだ。フロベールが姪や時計屋とするおしゃべりは、その点、無害である）、あるいはまた、親しい人たちに向けて書かれた書物、つまりは何人かの人間の趣味に合わせて矮小化された書物、それらは書かれた会話にほかならず、まったく外面的な自己の産物でしかない。つまりそれは、他人たちを、そして他人と交際する自己をも捨て去って、ようやく見出されるあの深い自己の産物とはまったく別物なのだ。この深い自己とは、私たちが他人といっしょにいるあいだはじっと待機していた自己であり、これこそ唯一現実的なものと感じられる自己であるが、芸術家たちは、ある神に帰依してしだいに離れがたくなり、やがてもっぱらその神の栄光を讃えるためにみずからの一生を捧げつくしてしまう、まさにそんなふうにして、ついにはこの自己のためだけに生きることになる。

（CS-224）

このふたつの文章のなかに、プルーストのサント＝ブーヴに対する、とりわけサント＝ブーヴの批評方法に対する批判の趣旨が明確に述べられており、それと同時に、プルースト自身の文学観、芸術観が鮮やかに浮き彫りにされている。プルーストのサント＝ブーヴ批判の要点は、サント＝ブーヴが、文学が表現すべき現実、そしてじっさいに優れた文学作品であれば等しく表現しているはずの現実と、私たちがふだんそのなかで生きている現実、つまりは日常的現実ないし実生活と呼ばれている現実とのあいだに、いかなる区別も設けなかったということであり、また同様に彼が、作家における作品を創り出す自己と、作家がふだんの生活において現わしている自己とのあいだに、本質的な違いがあることを認めなかったということである。そしてこの批評を裏返せば、それがそのままプルーストの根本主張になる。つまりサント＝ブーヴ批判を通じてプルーストが言わんとしているのは、文学が表現すべき現実とは、日常的現実ないし実生活とはまったく異なる現実であり、それに呼応して、作品を創り出す自己とは、私たちが日常的現実ないし実生活において現わす自己とはまったく異なる自己であるということにほかならない。

それでは、文学作品を創り出す自己、「私たちがふだんの習慣、交際、さまざまな悪癖などに現わしている自己とはまったく異なる、もうひとつの自己」、あるいは「他人たちを、そして他人と交際する自己をも捨て去って、ようやく見出されるあの深い自己」、「私たちが他人といっしょにいるあいだはじっと待機していた自己」、「これこそ唯一現実的なものと感じられる自己」、「芸術家たちは、ある神に帰依してしだいに離れがたくなり、やがてもっぱらその神の栄光を讃えるためにみずからの一生を捧げつくしてしまう、まさにそんなふうにして、ついにはこの自己のためにだけ生きることになる」というこの自己とは、いったいどんな存在なのか。

だが、画家論、ラスキン論を検討してきた私たちにとって、この自己がどんな存在であるかはすでに明らかである。この自己とは、始原としての〈今〉、〈私〉＝世界を主客未分のうちに現出させる〈今〉の意識そのものとしての自己のことである。〈今〉においてある現実こそ、真の意味において〈おのずから〉の現実、あるがままの現実、つまりは真の現実であり、それに呼応して、〈今〉を生きる自己、〈今〉の意識そのものとしての〈私〉こそ、私たちの原初の自己、真の自己である。しかも、〈今〉においてある現実とは、主客未分の現実、つまり世界が〈私〉であり、〈私〉が世界であるような現実、要するに「内部の世界」である。

私たちの本来の自己、真の自己とはこうした自己である。それは私たちが主体となって知性や意志を働かせることになる以前の自己、まったく受動的な自己、世界を受け取ると同時に自分自身を受け取って生きる自己、純粋に受容者としての自己である。しかし私たちはけっしてこの状態にとどまったままではいない。やがて私たちはみずから主体となって、知性と意志を働かせる個体として生きることになり、すると世界は主体としての私の対象となり、かくして私から分離して外部の世界になる。だが、私が主体となるということは、私が本来の自己、真の自己ではなくなると同時に、本来の自己、真の自己を在らしめ、生かしている根拠・根源であるところの〈今〉から離脱すること、さらには〈今〉を忘却することを意味する。

主体となった私たちにとって存在するのは、もはや外部の世界だけである。しかも、私たちはほとんどいつも主体として生きているために、私たちの日常生活、実生活はもっぱらこの外部の世界において営まれることになり、それゆえ外部の世界で営まれる日常生活、実生活が、私たちの唯一絶対の現実となる。「内部の世界」が意識されることもまったくないわけではないが、それは単なる主観の世界、想像や幻想の世界、あるいは外部の世界の漠とした反映でしかないと見なされてしまう。

V　サント゠ブーヴ論（2）　十九世紀芸術家たちの運命

プルーストによれば、サント゠ブーヴは彼の批評観からすればもっとも正しい評価を下せるはずの作家たち、つまり同じ時代を生き、しかも直接面識のある作家たちに対して誤った評価を下す場合が多かった。たとえば、スタンダール、バルザック、ボードレールに対して。しかもプルーストは、その誤った評価の原因をサント゠ブーヴの批評方法そのものに見出す。

スタンダールの友人だったからといって、どうして誰よりも正当に彼を評価できるということになるのだろうか。むしろそのことが、逆に正しい評価を下すうえで重大な障害になる場合もあるのではないか。作品を生み出す自己が、こうした友人たちの目には、一般のひとの外面的自己よりもはるかに劣ることすらあるもうひとつの自己の陰に覆い隠されてしまうのだ。（CS-222）

結局、サント＝ブーヴは「詩人の魂というこの特異な、閉ざされた世界、外部との交渉を断った世界が、依然としてよく分からなかった」のであり、それゆえ「第三者が詩人を鼓舞したり、助言を与えたり、抑制を加えたりすることができると信じ続けた」のである。

だが、先に挙げた同時代の作家たちの天才をサント＝ブーヴが見誤ったのは、かならずしも彼だけの責任とは言えない。なぜなら、当の作家たちからして、自分の天才に気付いていない場合が多かったのである。プルーストは、大批評家サント＝ブーヴから好意的な批評を得ようとして、しきりに彼におもねるボードレールにこと寄せて、つぎのように言う。

たとえどんな天才であっても、この天才と肉体を共有しつつ生きている〈人間〉のほうは、天才とはほとんど何の関係もない。しかも、親友たちが知っているのはこの〈人間〉のほうなのだ。それゆえ、サント＝ブーヴのように、ひとりの詩人を、その〈人間〉や友人たちの証言によって評価するなどということは、馬鹿げている。〈人間〉は要するにただのひとで、自分のなかに生きている詩人が何を望んでいるのか、まったく分かっていないこともあるのだから。（CS-248）

プルーストによれば、このことは十九世紀の偉大な作家たちのほとんどすべてについて言える。彼らの多くはみずからの天才に対して無自覚であり、たとえ自覚してはいても、ごく不完全な形においてでしかない。それゆえ当然のことながら、その作品においても、彼らの天才、つまりは彼ら固有のヴィジョンは、ほとんど無自覚な形でしか現われていない。たとえばネルヴァルの場合、彼の天才は夢や狂気という形をとって現われてくるのであって、彼自身、それに取り憑かれ、引きずられはするものの、それがみずからの天才であることをはっきり認めることができず、したがってまた、その天才を自覚的に追い求めることはできなかったのである。

ジェラール・ド・ネルヴァルの場合、兆し始めたばかりでまだ表には現われていない狂気とは、いわば極度の主観主義にほかならず、感覚が万人共通に意味するもの、万人が知覚できるもの、つまりは現実そのものよりも、感覚の個人的な特質に、さらには夢や回想といったものに、強く引き付けられる傾向そのもののなのだ。このような傾向は、その根底において芸術家特有の傾向であり、フロベールの表現を借りれば、現実を「描くべき幻影のため」の口実としか考えなくなり、さらには、そうした描くに値する幻影を、一種の現実と見なすようになるが、この段階に至ると、この傾向は狂気とならざるをえない。だがこの狂気とは、その本質において作家の文学的独創性の展開そのものであって、作家は、それを体験するたびに、少なくとも記述可能なかぎり、その狂気を描き出していく。ちょうど、ひとりの芸術家が、眠りに入りながら、覚醒状態から睡眠へと移っていく意識の諸状態を、すっかり眠り込んで意識が失せるその瞬間まで、ずっと書きとめていくように。

（CS-234）

みずからの天才が夢や狂気という形で、つまりは無自覚な形で現われるということは、むしろその天才の真実性を証しているとも言えるが、その段階にとどまるなら、彼らの作品における天才の開示は不完全なものにとどまるだろう。少なくとも、彼らの天才に正確に対応する芸術様式、それ自体が彼らの天才の表現であるような芸術様式を創り出すことはおよそ不可能である。たとえばネルヴァルは、『シルヴィ』を書いた同じ時期に詩作を試みており、しかも両者は同じ現実の表現をめざしているのであるが、そのことは彼の天才が、みずからにもっともふさわしい芸術様式を見出すに至るまでに、はっきり自覚されていなかったことを示している。

ところで、この詩人ジェラールと『シルヴィ』の作者とのあいだには、いささかも断絶がない。あえて言えば、彼の詩句と中篇小説は——たしかにこれは欠点と言ってもよかろうし、ともあれ彼が、二流とは言わないまでも、少なくとも、思想と同時に自分固有の芸術様式をも創り出してしまうほどの、真に確固とした天才を持たない作家だったことを示す一例でもあるのだが――同じひとつのことを表現するための相異なる試みであった（たとえば、ボードレールの『小散文詩集』と『悪の華』の一対がもうひとつの例である）。こうした天才たちの場合、内的なヴィジョンはじつに確かで、しかも強靭である。だが、意志が病んでいるせいか、確かな本能が欠けているのか、それとも知性が勝ちすぎているためか、そのヴィジョンはただ一本の道を進まず、むしろ何本もの異なる道を選び、かくして彼らは、まず詩句で試みたのち、最初の着想を見失うまいとして、今度は散文で書いてみることになるのだ。（CS-234, 235）

あるいはバルザックの場合、彼はネルヴァルやボードレール以上にみずからの天才に対して無自覚であった。彼は「実人生の栄冠と文学の栄冠とを、まったく同じ次元に置いてしまっている」のであり、彼にあっては「書簡と小説とを分けて考える必要もない」ほどである。

バルザックにとって、作中人物は実在の人物にほかならず、グランリュー嬢やウジェニー・グランデには、これこれの人物のほうが結婚相手としてふさわしいのではないかと、真剣に議論したものだとよく言われているが、いっぽう、彼の人生もまた、まったく同じやり方で彼が構築した一篇の小説だったと言えるだろう。現実の人生（私たちの観点からすれば、現実とは言いがたい人生）と、彼が書いた小説のなかの人生（作家にとって、唯一真なる人生）とのあいだに、境

界線などなかったのである。（CS-266）

こうした現実の人生と文学との混同は、たしかにバルザックにあっては、「作家としておそらく一個の特権であり、不可欠の条件ですらあった」とも言えるだろう。「人生というにはあまりにも空想的だし、文学というにしては卑俗にすぎる、それがバルザックの中途半端な現実であるが、そのおかげで私たちは、彼の文学を読むうち、しばしば、人生から受けるのとほとんど変わらない楽しみを味わうことになる」のであって、そこにバルザックのバルザックたる所以とその独特の魅力があるのは事実であるとしても、そうである以上、彼の文学は文学として純粋なものではありえない。たとえば、彼の作中人物は「よく実在の人間にされてしまうが、実在の人間以上のものではない」のであって、そのため私たちは、「高尚な文学なら癒してくれるはずのさまざまな煩悩を、バルザックを読むあいだ、ずっと抱き続ける」ことになる。あるいはまた、文体というものが「まさに作家の思考が現実に対して加えた変形のしるし」であるとすれば、「バルザックには、本当をいうと、文体などない」のである。

たとえばフロベールの文体では、現実のあらゆる部分が、単調にきらめく広大な表面を持っただひとつの物質に変えられてしまい、いかなる不純な要素も残されていない。表面はすべてを反射するようになっていて、あらゆるものがそこに描き出されているが、じつは反射しているだけのことで、それによって物質の均質性が損なわれるようなことはまったくなく、異質だったものはすべて同化され、吸収されてしまう。ところが、バルザックの場合は反対で、文体というものはいまだ存在せず、これから出来上がろうとしていて、そのあらゆる要素が未消化なまま、変形もされずに、混在している。この文体は、暗示するのでもなく、反射するのでもなく、ただひたすら説明するのだ。（CS-269）

しかしバルザックがみずからの天才を、つまりは彼固有の「内部の世界」のヴィジョンをまったく自覚しなかったわけではない。そしてこのヴィジョンは、「自分のすべての小説に同じ人物を登場させる」という着想の形をとって彼の自覚にのぼった。とはいえ、この着想はあらかじめあったものではなく、すでにかなりの数の小説を書きあげてしまったあとで、それらの作品を振り返ってながめたときにはじめて、彼はこの着想を得たのである。

ここにおいてサント＝ブーヴが見誤ったのは、まさにバルザックの天才的着想なのだ。あるいは、彼はそうした着想をただちに得たわけではないという見方もあるだろう。じっさい、彼の偉大なる連作小説のうち、ある部分は、あとから付け加えられたものなのだから。でも、それがどうしたと言うのか。ワグナーの「聖金曜日の歓喜」にしても、『パルジファル』を着想する以前に書かれた曲で、あとからこの楽劇に組み入れられたものである。だが、こうしたあとからの結合、あとから付加された美、天才が自分の作品の別々の部分のあいだにとつぜん見出した関係、つまり、それによって部分同士が結びつき、ともに生き、もはや二度と離れることができなくなるような、そうした関係、それこそ、このうえもなくみごとな直観力の証しではないだろうか。バルザックの妹は、この着想を得た日の兄の喜びようを語っているが、作品に取りかかるまえに着想を得た場合に劣らず、このときの喜びは大きかっただろう。それはさながら一条の光であり、この光がとつぜん現われ、それまでさっぱり生気がなかった彼の創作世界のさまざまな部分を照らし出し、結合させ、生き返らせ、明るい輝きで満たしたのだ。しかも、この一条の光もまた、彼自身の思考から発したものであることにはちがいない。（CS-274）

プルーストはのちに「囚われの女」のなかで、「十九世紀の偉大な芸術家たちは、その作品を完全に仕上げるには至らなかったが、あたかも作る者であると同時に裁く者でもあるかのように、仕事をする自己を凝視し、作品のそとにあって、作品を超えたひとつの新たな美をこの自己観照から引き出して、それまでになかった統一と偉大さをあとからさかのぼって作品に付与した」（III-666）と言い、その例として、バルザックのほかに、ユゴー、ミシュレ、そしてワグナーを挙げているが、プルーストによれば、まさしくそれが十九世紀の芸術家たちの運命であり、限界であった。彼らが、みずからの天才を、つまりは彼らの内的ヴィジョンを、発見することができたとしても、それは作品を創り出したあとでしかなく、それゆえに作品自体におけるそのヴィジョンの現われはあくまで無意志的であり、したがって不完全なものでしかありえなかった。あるいはここにボードレール、ネルヴァルといった詩人の例を挙げてもよいだろう。彼らの詩にその天才が現われているのは事実としても、それはあくまで悪や狂気といった形においてでしかなかったのであり、彼らはそのようにしてみずからの天才に取り憑かれ、責め苛まれるという形でしか、彼ら固有のヴィジョンを表現することはできなかったのである。

だが芸術作品における天才の現われ、すなわち彼らの「内部の世界」の現われとは、もともと、無意志的でしかありえないのではあるまいか。芸術家といえども、まずもって実生活を生きる人間である以上、「内部の世界」をあらかじめ意識していることはおよそありえないだろう。彼が最初に作品に描こうとするのは、外在的な対象であり、またすでに意識化された思想、すなわち何らかのイデオロギーでしかあるまい。そうした試行錯誤を続けていくうちに、彼らは、自分の描く外在的対象やイデオロギーの背後に、対象化されざる何ものかをひそかに感じ始めるのであり、やがて、それが何であるか分からないままに、それに引き付けられ、それから離れられなくなるのだ。

才能に恵まれれば、私たちにも書けるだろう美しい作品というものがある。それは、私たちを魅了するメロディのように、どんな節回しだったのかも思い出せず、口ずさむこともできない、このくらいの長さだったとあらましも伝えられない、はたして全休止符があったかどうか、短い音符が連続していたかどうかも言えそうにない、そんなメロディのように、私たちの内部に、輪郭もさだかならず漂っている、かつて正体をつきとめたためしのないさまざまな真実の、こうした思い出に日夜取り憑かれているひとこそ、天才に恵まれた人間というべきである。（CS-312）

天才の現われ、すなわち「内部の世界」の現われとはこのようなものである。けっして対象化、外在化されることのない「内部の世界」からのメッセージが聞こえるとしても、それはこのようににじつにはるかな、かそけきものでしかありえない。それゆえ、芸術家自身でさえ、そのメッセージをはるか遠くにある実在の対象から響いてくるもののように思い込んでしまう。ちょうど『シルヴィ』を書くために、もう一度ヴァロワに行ったネルヴァルのように。

それにしてもジェラールは、『シルヴィ』を書くために、もう一度ヴァロワに行ったのだろうか。もちろんそうだ。情熱は、対象が実在すると思い込むものだし、夢に見た土地に恋する者は、その土地をこの目で見たいと願う。さもなければ、その愛は真剣とは言えまい。ジェラールは純朴であり、だからこそ旅に出た。マルセル・プレヴォーなら、家にじっとしていよう、それは夢なのだから、と自分に言って聞かせることだろう。だが結局のところ、そこには言い表わしがたいものだけが、書物にはうまく盛り込めそうもないと思われていたものだけがあって、しかもそれが、書物のなかにとどまり続けているのだ。それは、追憶にも似て、漠然として、しかも心に取り憑いて離れない何ものかである。それは一種の雰囲気、『シルヴィ』の、青みがかった、あるいは深紅に染まった雰囲気、この言い表わしえないものを感じ取れずにいると、私たちは、自分の作品が、それを感じ取れたひとの作品と同じだけ価値があると思いあがってしまう。要するに、言葉は同じなのだから、というわけである。だがそれは、言葉のなかにはないもの、言葉には言い表わしえないものなのだ。それは言葉と言葉のあいだに深く染み込んでいる、ちょうどシャンティイのある朝の霧のように。
（CS-241, 242）

この「言い表わしえないもの」、「言葉と言葉のあいだに深く染み込んでいる」一種の雰囲気、それこそ、ネルヴァルの天才、すなわち彼自身の「内部の世界」の現われにほかならない。このように「内部の世界」は、芸術が表現すべき唯一の現実、したがって芸術がめざすべき究極の〈主題〉でありながら、しかも、いかなる形においても意図的な主題とはなりえないままに、それは、多くの場合、外在的な対象やイデオロギーの背後に、遠い漠とした前世の記憶のごときものとして、ひっそりと忍び込んでいるにすぎないのである。

VI　サント＝ブーヴ論（3）「私のなかで遊んでいるひとりの少年」

しかしそうであるなら、意図的な主題や外在的な対象が少なくともその表面の部分を占めている彼らの作品から、そうした非本質的要素の背後に、目に見えない形でひそんでいる彼らの「内部の世界」を透視するのは、読者の役割であり、なかんずく、批評家の役割だろう。というよりも、「内部の世界」こそ芸術の唯一真なる現実的部分であるならば、作品のなかに「内部の世界」の現われを見出すことこそ、読書の、そして批評の、真の目的ではないか。だが、作者自身もほとんど意識せず、作品の表面にも現われない「内部の世界」を、どうして見分けることができるだろうか。ところでこの問題は、すでにラスキンを研究していた時代から、プルーストの批評的関心の中心を占めるものであった。たとえば、一九〇〇年に発表された「アミアンのノートル・ダム聖堂におけるラスキン」という論文の註のひとつに、つぎのような文章が見られる。

この研究を通じて、私が『アミアンの聖書』以外のラスキンの著作から多くの文章を引用したのは、つぎのような理由からである。すなわち、ある作家の著作を一冊しか読まないのは、その作者と一度しか出会わないに等しい。ところで、あるひとと一度だけ話しても、たしかにそのひとのなかに独特の性質を見分けることができるが、それらを真に独自なもの、本質的なものと認めることができるのは、ただ異なる状況下において、それらが繰り返し現われることによってである。いわば一種の観察実験によって性格の永続的な特徴を識別させてくれるこの状況とは、ひとりの作家の場合には――そしてそれは音楽家や画家の場合も同様であるが――複数の異なった作品との出会いにほかならない。私たちは、二番目の書物において、もうひとつの絵において、最初の作品のなかで、作家や画家自身に属するのか、そこに扱われた主題に属するのか分からなかった特異性をふたたび見出す。こうしてさまざまな作品を比較することによって、私たちは、それらに共通の特徴を引き出すのであるが、この共通する特徴の総体が、ほかならぬ芸術家の精神的相貌を形作るのである。（CS-75）

言うまでもなく、ある芸術家のさまざまな作品を通じて見出されるこうした「共通する特徴」こそ、彼の魂を構成する不変の要素なのであり、したがって、その共通する特徴の総体として現われる芸術家の精神的相貌とは、そのまま、彼の「内部の世界」の現われなのである。プルーストのこうした読書の方法、ひいては批評の方法は、その後も一貫して変わらない。『サント＝ブーヴに反論する』のなかのネルヴァル論、ボードレール論、バルザック論等は、まさしくこうした批評方法に基づき、サント＝ブーヴがその外在的批評方法ゆえに見誤ったこれらの作家たちの「内部の世界」を発見し、その特質を明らかにしようとする試みであった。だが、このようなプルーストの批評意識は、彼の芸術観に基づく批評方法の意図的実践であるより以前に、本能にも近い特異な直観能力の現われであったように思われる。『サント＝ブーヴ』のなかの「文学と批評をめぐる覚書」として収録された断章には、つぎのような一節がある。

私は、ある作家の本を読み始めると、早速、その文章の背後に歌の節回しを見分けたものだったが、その歌の節回しは、それぞれの作家に固有のもので、他のいかなる作家のそれとも違っている。そして、その作家の文章を読みながら、いつの間にか、私はその節回しを心のなかで口ずさんでいるのだった〔……〕。

私は、かつて一度も仕事ができたためしはなく、ものを書くすべは知らないのだが、自分には他の多くのひとよりも鋭く確かな耳があることだけはよく知っていた。何人かの作家の文体模写をすることができたのもそのおかげであり、それらの作家の節回しさえつかんでしまえば、言葉はおのずから浮かんでくるのだった。ただこの才能を、私は十分生かすことはできなかった。この才能とともに、私には、ふたつの観念、ふたつの感覚のあいだに、深いつながりを見つけ出す才能もあって、私は、生涯のさまざまな時期にわたって、時折、これらの才能が自分のなかに生き続けているのを知る機会があった。とはいえ、それらの才能も、少しずつ鍛えられるといったものではなく、やがては衰退し、死んでいくにちがいない。それにしても、この才能は、これからもさぞ苦労することだろう。というのも、私がすっかり病気になり、頭はぼんやりし、体も衰弱しきったようなときにかぎって、すでにおなじみのこの自我がふたたび現われて、ふたつの観念のあいだに例のつながりを見つけ出したりするのだから。それはちょうど、秋の、もう花もなく紅葉もないというときにこそ、いくつかの景色のあいだに、このうえもなく深い調和がしばしば感じられるのに似ている。廃墟と化した私の内部で遊び戯れるこの少年は、どんな食べ物も必要としない。ある観念を発見し、それを目にするだけで、十分、栄養が取れるからである。少年が観念を創り出し、観念が少年を創り出す。たとえ少年が死んだとしても、別の観念が少年を蘇らせる。ちょうど、乾きすぎた大気のなかで発芽しそこない、いったん死んだ種子が、少しでも水と熱を補給してやれば蘇るようなものだ。

自分のなかでこんなふうに遊んでいる少年とは、じつは、先ほど見た、ふたつの印象、ふたつの観念のあいだに、誰でも聴き取れるというわけではない精妙な和音を捉える鋭く確かな耳を持った存在と同一の存在にちがいないと私は思う。この存在はいったい何者なのだろうか。私にもまったく分からない。ともあれ、ある意味ではたしかに彼がこの和音を創り出したにしても、彼のほうでもこの和音を糧にして生きるのだ。この和音が聞こえると、さっそく彼は身をもたげ、芽を出し、和音が与えてくれる生命によって成長する。やがて彼は死ぬが、それはこの和音によってしか彼は生きることができないからだ。だが、その眠りがどんなに長かろうとも〔……〕少年は完全に死んでしまうわけではない。いや、死んでしまうといってもよいが、また別の和音が現われれば――あるいはただ、同じひとりの画家が描いた二枚の絵のあいだに、同じ曲線を描く横顔を見、同じ布地の服を、さらには同じ椅子を見つけて、二枚の絵のあいだにある何か共通なもの、つまりは画家の偏愛と精神の本質といったものを認めるだけでも――この少年はふたたび蘇る。なぜなら彼は、「個別」のなかではたちまち命を失い、「普遍」にめぐり会うと、ただちに起き上がり、生き始めるからである。彼は「普遍」によってしか生きられない。「普遍」こそが彼に生気を吹き込み、養分を与えるのであって、「個別」のなかではすぐに死んでしまう。だが生きてあるかぎり、彼の生は恍惚そのもの、至福そのものである。彼を措いて、私の書物を書きあげてくれる者はいないだろう。だがそれゆえにこそ、その書物は美しいものになるはずである。彼は間歇的な存在だ。彼は……

(CS-303, 304)

この少年とは、「内部の世界」とともに蘇る存在、「内部の世界」においてしか生きられない存在、つまりは「内部の世界」の意識そのものとしての「私」にほかならない。そして、芸術の真の目的が「内部の世界」を表現することにあるとすれば、その作品を生み出すのは、この少年を措いて、ほかには誰もいないだろう。「だがそれゆえにこそ、その書物は美しいものになるはずである。」

第二章　印象――無意志的記憶、謎めいた印象

プルーストは、文学創造において無意志的記憶が持つ意味の重大さを、ことあるごとに強調している。まずは、「スワン家の方へ」がグラッセ社から刊行される前々日（一九一三年十一月十二日）に発表されたインタヴュー記事。

〔……〕作家は作品の原材料をほとんど無意志的回想だけに求めるべきだろうと私は思います。何よりもまず、まさにそれが無意志的であり、同じような瞬間の類似性に引き寄せられて、おのずから形成されますから、こういった回想だけが真実性のしるしを帯びています。つぎにそれは物事を、記憶と忘却の正確な配合において伝えます。そして最後に、まったく異なった状況において同じ感覚を味わわせるのですから、この記憶は感覚をいっさいの偶然から解放し、超時間的な本質、まさに美しい文体の内容をなすところの本質、文体の美のみが翻訳することのできるあの一般的で必然的な本質を、私たちに与えてくれるのです。

こんなふうに、私があえて自分の本について理屈づけるのは、それがこれっぽっちも理屈の作品ではなく、どんなささいな要素も感受性によってもたらされているからです。私はその要素をまずは自分の内奥に認めたのですが、それを理解することができなかった。まるでそれが、どう言ったらいいのでしょう、音楽のモチーフと同じくらい知性の世界と異質なものであるかのように、それを可知的なものに変えることに困難を感じていたからです。これは微妙な言い回しの問題だと、あなたはお考えのようですね。いや、そうではありません。むしろ逆に、現実こそが問題なのです。私たち自身が明らかにする必要のなかったもの、私たち以前にすでに明らかだったもの（たとえば論理的な観念など）は、ほんとうに私たちのものではありません。それが実在のものであるかどうかさえ、私たちは分かりません。

（CS-558, 559）

つぎは一九二〇年一月に発表された「フロベールの〈文体〉について」のなかの一節。

あるひとたちは、よく文芸に通じたひとでさえも、「スワン家の方へ」のなかにはヴェールで隠されてはいるが厳密な構成があることを見誤って〔……〕私の小説はいわば観念連合の偶然の法則にしたがってつながっている思い出を集めたようなものだと信じ込んだ。このでたらめな主張を裏づけるために、彼らは、紅茶に浸したマドレーヌのかけらが、私に（少なくとも「私」と言っている語り手に——だが、それはかならずしもこの私のことではない）作品の冒頭では忘れられていた生涯の一時期をすっかり思い出させるという場面を例に引いたのだった。私は作品の最後の巻——まだ刊行されていない巻——で、無意識の再記憶のうえに私の全芸術論を据えるのだが、今この無意識の再記憶に私が見出した価値はさておき、ただ構成という観点だけに絞れば、要するに、私はひとつの面から別の面に移るのに、事実を用いず、継ぎ目としてもっと貴重と思われるもの、つまりはひとつの記憶現象を用いたということなのである。（CS-598, 599）

このように、無意志的記憶は、『失われた時を求めて』に主たる「原材料」を提供しているばかりか、この巨大な作品を支える「全芸術論」を、さらには作品の構造自体をも、厳密に規定している。無意志的記憶こそ、『失われた時を求めて』の原母体なのだ。

I　無意志的記憶と芸術

無意志的記憶とは、過去と現在の感覚の同一性ないしは類似性に引き寄せられて、過去の一時期の回想がおのずから蘇ってくる現象である。たとえば、現在味わいつつある紅茶とマドレーヌの味と香りが、かつてそれらを味わったときの記憶——コンブレーで過ごした幼い頃の記憶——を蘇らせるというふうに。そのように無意志的に蘇った回想だけが「真実性のしるしを帯びている」、それに対して、意志的な記憶、知性の記憶によっては真の過去はけっして蘇らない、とプルーストは言う。

〔たとえ、あえて思い出そうとしたとしても〕私が思い出すものとは、もっぱら意志的な記憶、知性の記憶によってもたらされたものにすぎなかっただろうし、そうした記憶がもたらす過去の情報は過去の何ものをも保存していないから、私はコンブレーのほかの部分のことを想ってみようという気持にはまったくなれなかっただろう。そうしたすべては、私にとって、じっさいに死んでいたのである。（I-43）

無意志的記憶によって蘇る過去の真実性を証すのは、何よりもまず、そうして蘇った過去がもたらす喜びの大きさであり、またその喜びの質の高さである。

やがて私は、今日も陰鬱な一日だった、そして明日もまた物悲しい一日になるだろうという思いにふけりながら、無意識のうちに、なかに一切れのマドレーヌがやわらかくなって浮かんでいる紅茶を一匙すくって口に持って行った。だが、口に含んだお菓子のかけらの混じった紅茶が口蓋に触れたその瞬間、自分のうちに何か異常なことが起こっているのに気づいて、私は身震いした。ある甘美な喜び、孤立した、原因の分からない喜びが、胸いっぱいに広がっていたのである。

その喜びに浸されると、たちまちにして、人生の有為転変は取るに足らぬこととなり、人生の災難は無害なものとなり、人生の短さは錯覚としか思われなくなっていた。それはちょうど恋と同じような作用を及ぼして、私をある貴重な本質で満たしてくれたのだった。あるいはむしろ、その本質は、私のなかにあるのではなく、私自身であった。もはや自分が、平凡で、偶然で、死すべき存在であるとは感じられなくなっていた。（I-44）

「私」は「この力強い喜びがどこからやってきたのか」を知ろうとするが、その試みは虚しい。ところが、その探求をあきらめようとしたそのとき、とつぜん、遠い少年時代の記憶が蘇ってくる。

そのとき、とつぜん、回想が現われた。この味、それはまさしくプチット・マドレーヌのかけらの味、昔コンブレーで、日曜の朝（日曜にはミサの時間までは外出しないことになっていたので）、私がレオニー叔母に「お早う」を言いに行くと、いつも叔母が紅茶か菩提樹花のお茶に浸してから私に食べさせてくれたあのお菓子の味だった。プチット・マドレーヌをただながめるだけで、それを味わってみないうちは、何ひとつ思い出さなかった。おそらく、それ以来、お菓子屋の棚のうえに並んでいるのを何度も見かけながら、食べることはなかったので、その映像は、昔のコンブレーの日々から離れ、別のもっと最近の日々の記憶に結びついてしまったのである。あるいはまた、かくも長いあいだ記憶のそとに打ち捨てられたままになっていたこれらの回想からは、生き延びたものは何ひとつなく、すべてが解体してしまったのだろう。それらすべてのものの形は――謹厳で信心深いひだに包まれながらも、じつに豊満で官能的でさえある、あのお菓子の小さな貝殻の形も含めて――消え失せてしまったのであり、あるいはすっかり眠り込んで、意識の表面に浮かび上がるだけの膨張力を失ってしまったのである。けれども、人びとが死に、事物が滅び去って、古い過去のすべてが消え失せたときにも、ただ匂いと味だけは、かぼそく、しかも根強く、姿かたちなく、しかも遠い日々そのままに、なお長いあいだ、魂のように残って、他のすべてのものの廃墟のうえで、思い出し、待ち受け、期待し続ける。こうして、味と匂いは、ほんのかすかなその滴のうえに、回想の巨大な建築を支えるのだ。（I-46）

このように、さながら永遠の世界に蘇ったかのような大きな喜びを「私」にもたらしたのは、紅茶とマドレーヌの味と香りに結びついて意識の表面に浮かび上がってきた幼い日々の映像であったが、それでは、そうした過去の映像が、どうしてこれほど大きな喜びをもたらしたのか。また、この喜びは「ちょうど恋と同じような作用を及ぼして、私をある貴重な本質で満たしてくれた」、「あるいはむしろ、その本質は、私のなかにあるのではなく、私自身であった」と言われるが、ここで言う「本質」とはいったい何を意味しているのか。

この問題をさらにつきつめるため、つぎに最終巻「見出された時」において「私」が体験した無意志的記憶の現象をめぐる記述を取り上げてみたい。久しぶりにゲルマント大公夫人のマチネに出かけた「私」は、大公邸の中庭で、不揃いな敷石につまずく。するとそのとたん、かつてマドレーヌを味わったときに覚えたのと同じような深い喜び――「ある確信に似た喜び、それ以外のいかなる証拠もなく、ただそれ自体によって死を取るに足らないものと思わせるほどの喜び」――に浸される。やがて「私」の脳裏には、まばゆいばかりのヴェニスの映像が立ち現われるが、それをきっかけにして、同じような無意志的記憶の現象をほんのわずかなあいだに立て続けに経験する。「私」は、今度こそ、無意志的記憶の現象のもたらす至福感の謎を解き明かそうと決意する。以下はその解明の試みの主要部分である。

じつは、そのとき私の内部でこの印象を味わっていた存在は、その印象の持つ過去と現在に共通する部分において、つまりはその印象の超時間的部分において、その印象を味わっていたのである。この存在は、現在と過去とのそうした同一性、自分が生きることのできる唯一の領域、そして事物の本質を享受しうる唯一の領域、つまりは時間のそとに自分を置きえたときにだけ現われる存在なのである。それによって、無意識のうちにプチット・マドレーヌの味を認めた瞬間、自分の死についての不安が消え去った理由が説明される。というのも、この瞬間、私がそうであった存在とは超時間的な存在であり、したがって未来のはかなさなど少しも意に介さない存在なのである。

（IV-450）

この存在は事物の本質によってしか生きられない。事物の本質のなかにだけ、この存在は自分の糧、無上の喜びを見出す。この存在は、現在を観察するときには衰弱してしまう。感覚はこの存在に事物の本質をもたらしてはくれないからだ。また過去を想うときも同様である。知性がその過去を無味乾燥なものにしてしまうからだ。未来を待つときも同様である。未来は、意志によって、過去と現在の断片から作り上げられるが、そのさい意志は、過去や現在のなかから、自分が過去や現在に割り当てている実用的な目的、つまりはごく狭い意味での人間的な目的に適合する部分しか残さないので、過去や現在の現実性をさらに奪ってしまうことになる。しかし、かつて聴いたり、嗅いだりした音や匂いを、現在と過去において同時に、つまり現在的（actuels）なものではなく、しかも現実的（réels）なものとして、また抽象的（abstraits）なものではなく、しかも観念的（idéaux）なものとして、ふたたび聴いたり、嗅いだりすると、そのとたんに、永遠でありながら、いつもは隠されている事物の本質は解き放たれ、それと同時に、私たちの真の自己――それは往々にしてずっと昔に死んでしまったように思われているが、すっかり死に絶えたわけではなかった――が目覚め、自分にもたらされたこの天上の糧を受け取って活動を始める。時間の秩序から抜け出した一瞬間が、その瞬間を感じるべく、私たちのうちに時間の秩序から抜け出した人間をふたたび生み出したのだ。

（IV-451）

無意志的記憶によって蘇った過去の映像が「私」にもたらした印象とは、超時間的な現実であり、その超時間的な現実のなかに「事物の本質」はひそんでいる。そして、その「事物の本質」に触れ、「事物の本質」を味わうとき、私たち自身もまた、超時間的な存在として、新たに蘇る。しかも、こうして蘇った自己こそ、私たちの真の自己なのである。このように、無意志的記憶がもたらす印象によって、私たちの真の自己が蘇るとすれば、そうした印象に触れ、それを味わうことが、そのまま、私たちの真の生なのだということができよう。プルーストは、早くも『ジャン・サントゥイユ』において、つぎのように書いている。

それ〔無意志的記憶によって過去が蘇るときに私が覚える感情〕は生そのものの感情であり、その生は私から奪い去られるかもしれないが、私は生と同一の何ものかによってそれを実感するのだから、少しも惜しいとは思わない。それは生の享受を引き延ばそうとはしないけれども、いっさいの持続のそとにあって、生きることに充足した感情を見出しているのだ。この感情は、おそらく長く保存されることはあるまい。だがまた、長く保存されようなどとは少しも思ってはいないのだ。あたかも、時間の領域内ではどんなに長く保存されようとも、それはこの感情が飛翔する無限定の地帯から見れば、はるかに下方の出来事であるかのように。（JS-401）

〔私に無意志的記憶を呼び覚ましてくれる〕その証人、その聖遺物たちは、しかし私たちに働きかける力を少しも失ってはいず、とつぜん昔と同じ甘美な至福感に私たちの心を開き、私たちを歳月の流れから引き離して、自然と歳月の神秘的な変貌に直面させるとともに、私たちを取り巻く出来事を、それらをすっぽり包み込むほど大きな生のなかに浸す。その生はかつてそれに近づいたことがあるから覚えているが、それは私たちの青春にも老年にも属さない生なのだ。そしてその生は、一瞬のあいだ、私たちを取り巻く世界を、平凡な、やがて終わる、まったく人間的でよく知られた世界としてではなく、永遠の、永遠に若い、神秘的な、未聞の約束に満ちた世界として、私たちに示してくれるように思われる。
(JS-773)

それならば、どうして私たちは、ふだんの生活において、こうした印象を味わうことができないのか、つまりは真の生を生きることができないのか。先に見たように、真の過去、過去の真の印象は、意志の記憶、知性の記憶によってはけっして蘇らない。真の過去、真の印象は、意志や知性の領域のそと、意志や知性の力がおよばないところに隠されている。

過去を思い出そうといかに努力してもむだであり、私たちの知性のあらゆる努力は徒労でしかない。過去は知性の領域のそと、知性の力のおよばないところに、何か思いもよらない物質のなかに（そんな物質が私たちに与えてくれる感覚のなかに）、隠されている。
(I-44)

いったいどうして、意志や知性は真の過去、つまりは真の印象を捉えることができないのか。その原因を知るには、まず意志と知性に共通する本性とは何かを考える必要があるだろう。両者に共通する本性とは何か。それは、私たちが主体となって、自分以外の対象に向かうということである。意志は、私たちが主体となって、自分以外の対象を所有したり、支配したり、操作したりする能力である。し、知性もまた、私たちが主体となって、自分のそとにある対象を客観的に観察し、その対象がいかなる存在かを主観をまじえずに知る能力である。とするなら、意志や知性が真の過去、真の印象を捉えることができない根本原因は、私たちが主体となって、自分以外のすべてのものを対象化してしまうということ自体にあると言えるだろう。じっさい私たちは、ふだんの生活において、もっぱら主体として生きている。生活の糧を得るためにも、身の安全・快適を確保するためにも、他者と交渉するためにも、私たちは主体として生きざるをえないのであるが、そのように私たちが主体として生きていくうえでの必要不可欠な能力が意志と知性なのである。要するに、私たちが真の印象を知ることができず、真の自己として生きることはできないのは、ふだんの生活において、私たち自身がほとんどつねに主体として生きており、絶えず意志や知性を働かせているからである。

〔私たちの真の自己である〕この存在は、現在を観察するときには衰弱してしまう。感覚はこの存在に事物の本質をもたらしてはくれないからだ。また過去を想うときも同様である。知性がその過去を無味乾燥なものにしてしまうからだ。さらには未来を待つときも同様である。未来は、意志によって、過去と現在の断片から作り上げられるが、そのさい意志は、過去や現在のなかから、自分が過去や現在に割り当てている実用的な目的、つまりはごく狭い意味での人間的な目的に適合する部分しか残さないので、過去や現在の現実性をさらに奪ってしまうことになる。

（IV-451）

つまり私たちは、ふだんの生活において、もっぱら主体としての自己でしかなく、しかもこの主体としての自己は、過去であれ、現在であれ、未来であれ、あらゆる現実を自分の〈対象〉としてしまい、それらの現実のなかから「実用的な目的、つまりはごく狭い意味での人間的な目的に適合する部分しか残さない」ために、その「現実性をさらに奪ってしまう」ことになる。このように、主体として生きるかぎり、私たちは真の印象＝真の現実を見出すことができない。しかも、真の印象＝真の現実に触れることによってしか真の自己は蘇らないから、主体として生きているかぎり、私たち自身、真の自己として生きることもできない。このように、主体としての自己と真の自己は互いに相いれない存在なのである。

それゆえ、真の印象＝真の現実を見出し、私たちが真の自己として生きるには、私たち自身が主体であることをやめる必要がある。私たち自身が主体であることをやめさえすれば、この真の印象＝真の現実はおのずから蘇ってくるのであり、それと同時に、私たち自身も真の自己となり、真の自己として生きることができる。無意志的記憶とは、何よりもまず、過去と現在の感覚の一致という偶然の作用によって、私たちの意志や知性の働きを介さずに、過去の真の印象＝真の現実がおのずから意識の表面に浮かび上がってくる現象である。かくして蘇った過去の印象が真の現実であるというのも、その印象の蘇りに私たちの意志や知性の働きが介在していないからである。つまりその印象は、主体としての自己によって捉えられたものではなく、それゆえこの自己による意味づけや抽象化を蒙ることなしに「おのずから形成される」現実、つまりは原初の現実なのである。

したがって、無意志的記憶のような偶然の作用に頼ることなく、真の印象＝真の現実を見出し、それを再創造しようとする場合、何より必要なことは、主体としての私たちが世界を対象化することによって事物に与えてしまった意味を、あるいは事物に加えてしまった抽象化作用を、解体することである。芸術創造とは、何よりもまず、そうした解体作業にほかならない。

〔芸術家の仕事〕とは、私たちが私たち自身から目をそむけて生きるたびごとに、自尊心、情念、知性、そして習慣が私たちのうちにおいて行う仕事、つまり私たちの真の印象のうえに、私たちが間違って実生活と称している単なる事物の一覧表や実用的な計画を積み上げ、その真の印象を私たちからすっかり覆い隠してしまう、そのような仕事とはまったく逆の仕事である。要するに、そのような複雑な芸術こそ、まさに唯一の生きた芸術なのだ。それのみが、私たちの本来の生を、他の人びとのために表現するとともに、私たち自身にも明らかにしてくれるのであって、この生はそとからは〈観察する〉ことはできず、観察することのできるその外観は翻訳される必要があり、しばしば逆さまに読み取り、苦心して判読しなければならない。私たちの自尊心、私たちの情念、私たちの模倣の精神、私たちの習慣がでっち上げたこうした仕事を、芸術は解体するのだ。芸術が私たちを導いてくれるのは、反対の方向に向かってであり、すなわちそれは、じっさいに存在したものが、今もなお、私たちに知られないままにひそんでいるあの深い地帯への回帰なのである。

そしてたしかに、真の生を再創造すること、過去の印象を蘇らせることは、大きな誘惑であった。しかしそのためには、あらゆる種類の勇気、恋愛に対する勇気すら必要であった。というのもそれは、何よりもまず、自分にとってもっともなじみの深い錯覚を捨てること、すなわち自分自身が作り上げたものの客観性を信じるのをやめることであった。（IV-474, 475）

主体として生きるかぎり、私たちは、「私たち自身から」、つまりは真の自己から、「目をそむけて生きる」ことになる。主体としての私たちの「自尊心、情念、知性、そして習慣」は「私たちの真の印象のうえに（それゆえ、私たちの真の自己のうえに、と言ってもよいが）私たちが間違って実生活と称している単なる事物の一覧表や実用的な計画を積み上げ、その真の印象を（つまりは私たちの真の自己を）私たちからすっかり覆い隠してしまう」のである。芸術は、「私たちの自尊心、私たちの情念、私たちの模倣の精神、私たちの習慣」が「でっちあげたこうした仕事を解体する」のであり、それによってはじめて、真の印象＝真の現実が、また真の自己が、要するに「じっさいに存在したもの」が、「今もなお、私たちに知られないままにひそんでいるあの深い地帯」に回帰することができる。

バルベックでエルスチールのアトリエを訪れたさいに「私」が目の当たりにしたのは、まさしく「実生活」を構成しているいわば客観主義的言語――事物の一覧表、実用的な計画、さらには知性、自尊心、情念、習慣などに対応する言語――の解体作業であった。すなわち、エルスチールのアトリエで「私」が知ったのは、彼の「絵のひとつひとつの魅力はそこに表現された事物の一種の変容(une sorte de métamorphose)にある」ということで、「それは、詩においては隠喩と呼ばれているものに似ているのだが、〈父なる神〉が物に名を付けることによってそれを創造したとすれば、エルスチールは物からその名前を取り去ることによって、また物に別の名前を与えることによって、それを再創造している」のであった。「物からその名を取り去る」必要があるのは、「物を示す名は、私たちの真の印象とは無縁の、知性の概念に対応するのがつねで、知性はそうした概念に一致しないものをすべて私たちの印象から消し去ってしまう」(II-191)からである。したがって、「物からその名を取り去る」とは、ある物を描くさいに、その物に関する概念的知識を忘れ去るということである。かくしてエルスチールは、「外界の事物を、自分が知っている状態の通りに表現しないで、私たちの第一印象が作られるあの視覚の錯覚通りに表現しようとする」(II-194)、あるいは「物をまずその原因から説明するのではなく、私たちの知覚の順序にしたがって、物を私たちに表現してみせる」(II-14)、言い換えれば、「論理的な順序にしたがって、すなわち原因から始めて、事物を示すかわりに、まず結果から、私たちをはっとさせる幻影から始める」のである。それこそ、「私」がエルスチールのセヴィニェ夫人的側面、あるいはドストイエフスキー的側面(III-880)と呼ぶものにほかならない。

〔エルスチールの〕それらの絵のなかで、社交界の人びとにもっともこっけいに見えたいくつかのタブローがほかのもの以上に私の興味を引いたのは、それが視覚上の錯覚を再現していたという点であって、この視覚上の錯覚は、もし私たちが知性の働きに頼らなければ、私たちは描かれた対象が何であるかを知りえないという事実を証拠立てている。車に乗っていて、何度、私たちはつぎのようなことを体験しただろうか。すなわち、私たちから数メートルのところに、明るい道路がずっと延びている、と思うと、それは前方にある強い照明を受けた壁面にすぎなかったのであって、それが奥行きの幻覚を生み出したのだ。そうであるなら、象徴主義の技巧にたよることなく、印象の根源そのものに立ち返ることによって、ひとつの物を表現するのに、最初にひらめいた錯覚がそれを別の物と取り違えた、その別の物をもってするほうが、論理的なのではあるまいか。じっさい、対象物の表面と面積は、私たちがその対象物が何であるかを知ったときに、私たちの記憶がそれらに押しつける名とは無関係なのである。エルスチールは、彼がたった今感じ取ったものから、すでに知っていたものをはぎ取ってしまおうと努めていた。彼の努力は、私たちがヴィジョンと呼んでいる知性の働きの寄せ集めを解体することに向けられていたのだ。

(II-712, 713)

II　印象の根源に立ち返る

以上見たように、無意志的記憶とは、主体としての自己の働きである意志や知性を介することなく、過去の真の印象がおのずから蘇ってくる現象であり、かくして蘇った真の印象を再創造することこそ、芸術創造の本来の目的である。それにしても、なぜプルーストはそれほどに〈印象〉なるものにこだわるのか。印象とは一瞬にして消え去るはかないもの、不確かなもの、プルースト自身そう言っているように、ほとんど「幻影」や「錯覚」と見分けがつかないものではないだろうか。

しかしプルーストは、こうした印象こそ、私たちの真の現実であり、またこうした印象を生きる自己こそ、私たちの真の自己であると言っている。しかも、真の印象とは超時間的な現実なのであり、その現実を生きる私たちの自己もまた超時間的な存在なのである。

しかし、かつて聴いたり、嗅いだりした音や匂いを〔……〕ふたたび聴いたり、嗅いだりすると、そのとたんに、永遠でありながら、いつもは隠されている事物の本質は解き放たれ、それと同時に、私たちの真の自己——それは往々にしてずっと昔に死んでしまったように思われているが、すっかり死に絶えたわけではなかった——が目覚め、自分にもたらされたこの天上の糧を受け取って活動を始める。時間の秩序から抜け出した一瞬間が、その瞬間を感じるべく、私たちの

うちに時間の秩序から抜け出した人間をふたたび生み出したのだ。（IV-451）

私たちの常識からすれば、一瞬にして過ぎ去る不確かな現象としか思われない〈印象〉なるものが、どうして、そのような超時間的な現実でありうるのか。そのうえ、そうした〈印象〉が現われるとき、どうして私たち自身も超時間的な存在になってしまうのか。

たしかに、〈印象〉は今の一瞬においてしか味わうことはできない。たとえ、無意志的記憶の場合のように、その〈印象〉が過去の映像として現われるとしても、その〈印象〉自体に触れ、それを味わうのは今でしかない。しかし、〈印象〉に触れ、〈印象〉を味わうその〈今〉を、たちまち過ぎ去るはかない瞬間でしかないと私たちが考えるのは、すでに私たちが〈今〉を対象化して、無限の時間の流れのなかに位置づけてしまっているからにほかならない。そのように〈今〉を対象化して、無限の時間の流れのなかに位置づけてしまうのは、ほかならぬ私たち自身である。つまり、私たちが主体となって、すべてのものを、そして世界それ自体を、対象化するとき、〈今〉もまた対象化され、無限の等質時間の流れに連なる無数の微小点のひとつになってしまう。

しかし、真の〈今〉とはけっしてそのようなものではない。私たちはつねに〈今〉を生きているのであり、また〈今〉しか生きられない。私たちが過去を思い出すのも、また未来のことを想像するのも、〈今〉であり、〈今〉でしかない。そもそも、何であれ――物であれ、人間であれ、世界であれ――それが存在するためには、まず現われなければならないが、現われるのはつねに〈今〉であり、

〈今〉でしかない。じっさい、私たちが何かを見、何かを聞き、何かを触知し、何かを体感するのは、さらにまた、先に見たように、過去のことを思い出したり、まだ見ぬひとやもの、未来のことを想像したりするのも、すべて〈今〉においてである。つまり、そうしたすべてがたった〈今〉現われるのであり、しかも〈今〉しか現われようがない。このように、〈今〉というのは、あらゆるものが現われる場なのである。だが、何かが現われるに先立って、〈今〉という場があるわけではなく、むしろ、何かが〈現われる〉ことが〈今〉という場を開くのである。

プルーストが言う真の印象とは、何かが〈おのずから〉現われること自体を意味している。つまり、主体としての私たちが対象化し、意味づけたり、抽象化したりする以前の現象として、何かが〈おのずから〉現われることが真の印象なのである。私たちの常識からすれば、何かが現われるとは、すでに存在しているものが、何らかの原因・理由によって私たちの感覚器官を刺激した結果として、意識化されるということであるが、しかしそう考えるのは、主体としての私たちが、すでに世界を対象化し、客観化してしまっているからであり、じっさいには、いかなるものであれ、たった〈今〉現われることによってしか存在しえない。言い換えるなら、すべてはまずもって〈印象〉として現われるのであり、つまりは〈印象〉＝〈現われ〉として存在するのである。私たちが客観的事物や客観的世界を想定し、そうした事物や世界の存在を信憑しうるのも、あくまで私たち自身が経験した〈印象〉＝〈現われ〉に基づいている。たとえば、科学における抽象理論であっても、実験によって実証されなければ、その真実性は認められない。つまり、ひとたび私たちの〈印象〉として現われなければ、いかなる真理も成立しないということである。

その素材がいかに取るに足らないものに思われようとも、またその痕跡を捉えることがいかにむずかしかろうとも、ただ印象だけが真理の標識なのであり、それゆえまた、印象だけが、精神が把握し、理解するに値する唯一の現実なのである。というのも、精神が印象からこの真理を引き出すことができるなら、印象は精神をこのうえなく高い完成へと導き、精神に純粋な喜びをもたらしてくれるからである。作家にとって印象は、学者にとっての実験に相当するが、ただし後者の場合、知性の働きが先行するのに対して、作家の場合は印象が先行するという違いがある。私たちがみずからの努力によって解読し、明らかにする必要がなかったもの、私たち以前にすでに明らかであったもの、それは私たちのものではない。私たちの内部にあって他者には知ることのできない暗闇から引き出したものだけが、私たちに属する。

(IV-458, 459)

以上のように、〈印象〉=〈現われ〉こそ、真理、つまりはすべての起源・根拠であって、この〈印象〉=〈現われ〉の背後ないし上位に、それを根拠づけたり、その原因となったりする別の現実や別の存在を探すことはおよそ無意味である。〈印象〉が〈おのずから〉現われる〈今〉が超時間的な現実と言われるのも、その〈今〉が世界の始原、時の原点だからである。無意志的記憶によって真の印象が蘇ったとき、「孤立した、原因の分からない喜び」、「ある確信に似た喜び、それ以外のいかなる証拠もなく、ただそれ自体によって死を取るに足らないと思わせるほどの喜び」を「私」が覚え、「人生の有為転変は取るに足らぬこととなり、人生の災難は無害なものとなり、人生の短さは錯覚としか思われなくなる」と同時に、「私」自身が「もはや平凡で、偶然で、死すべき存在であるとは感じられなくなった」のは、それゆえである。〈印象〉には、いかなる理由も原因もない。〈印象〉は端的な現実そのものとして、すべての起源・根拠だからである。むろん、〈印象〉にいろいろ理由をつけたり、その原因をあれこれさぐったりすることは、いくらでもできる。しかし、そうした理由づけや原因究明がいかにもっともらしく思われようとも、それはあくまで事後説明にすぎず、そうした事後説明によっては、〈印象〉という原初の現実を再構成、再創造することは絶対に不可能なのである。

先に見たように、エルスチールは「外界の事物を、自分が知っている状態の通りに表現しないで、私たちの第一印象が作られるあの視覚の錯覚通りに表現しようとする」、あるいは「物をまずその原因から説明するのではなく、私たちの知覚の順序にしたがって、物を私たちに表現してみせる」、さらには「論理的な順序にしたがって、すなわち原因から始めて、事物を示すかわりに、まず結果から、私たちをはっとさせる幻影から始める」のだが、それはまさに「印象の根源そのものに立ち返る」努力にほかならなかった。それというのも、真の印象、純粋な〈現われ〉それ自体のうちにこそ、究極の現実、真のリアリティがひそんでいるからである。この究極の現実、真のリアリティは、原理的に言って、いかなる論理、いかなる理由、いかなる原因によっても説明されないし、再構成されることもない。それは端的に、「第一印象」として、「結果」として、あるいは「錯覚」、「幻影」として、示すほかないのだ。

私たちがやろうとしているのは、生の源泉へさかのぼること、すなわち、現実のうえに習慣と理屈がすぐさま張ってしまう氷、私たちのありのままの現実を二度と見えなくしているその氷を、渾身の力をふりしぼって打ち砕き、ふたたび、氷結していない自由の大海を見出すことである。ふたつの印象のあいだのこうした偶然の一致は、なぜ私たちに、ありのままの現実を取り戻してくれるのだろうか。おそらくそのとき、現実が、ふだんなら省かれてしまう部分まで含めて蘇るからだ。現実を理論的に捉えようとしたり、意識的に思い出そうとしたりする場合、私たちはそこに何かを付け加えるか、逆にそこから何かを除き去るか、してしまうのである。

（CS-304, 305）

III　印象と自己

無意志的記憶の現象において何より不可解なのは、ふだん主体として生きている私たちからすれば、あくまで外部の何らかの対象、何らかの原因によって触発されたものでしかないはずの印象が現われると同時に、どうして私たちの真の自己が蘇ることになるのか、ということであろう。この謎は、私たちの常識ないし日常論理をはるかに超えていると言わねばならない。

しかし、印象がもっぱら外部の対象や原因から生まれると考えるのは、主体として生きている私たちの思い込みでしかない。そもそも、印象が成立するには、その印象を受ける誰かが存在する必要があり、この誰かが存在しなければ、印象という現象は起こりえない。つまり、印象が生まれるのは私たち自身の内部においてなのであって、それが対象から生まれると考えるのは、すべてを対象化してしまう主体としての私たちの錯覚にすぎない。このことを、プルーストは繰り返し強調している。

私にはすでに分かっていた——粗雑にして誤った知覚だけが、すべてを対象にあると考える。ところが、すべては精神のうちにあるのだ。（IV-491）

草稿にも以下のような文がある。

印象というものはすべて二重であり、半分は対象のなかに納まり、もう半分は私たち自身のうちに延びている。私たちが知ることができるのは後者だけだ。（IV-819）

〔私たちの印象に関わる〕真理は私たちの内部にあるのだが、混沌としており、知性によっては容易に引き出せない。それゆえ、たとえば、何らかの真実に到達しようと思う作家は、自分自身のうちに沈潜し、自分の思考を明らかにすべく制作に励む。それはつまり、作家は、自分が究めようとしている対象、すなわち世界や真理というものが自分の内部にあると信じているからである。

(IV-842)

このように、真の印象は、私たちの外部で起こるのではなく、私たち自身のうちにおいて生まれる。すでに述べたように、印象が成立するには、その印象を受ける誰かが存在しなければならないが、その誰かとは〈私〉自身にほかならない。とはいえ、印象を受け、それによって印象を発現させる〈私〉は、印象が生まれるのに先立って、それ自身として存在しているわけではない。〈私〉は、印象が発現するための不可欠の契機として、印象が生まれると同時に目覚め、存在し始めるのである。つまり、印象そのもののなかに、みずからを現わすための必須の要素として、〈自己性〉(ipséité) というべきものが内在しているのであって、印象が生まれると同時にこの〈自己性〉が目覚め、印象を受け、印象を発現させるべく、みずからも存在し始める。それがすなわち〈私〉である。このように、印象に内在し、印象が生まれるさいに、印象を受け、印象を発現させるべく、印象と同時に、印象と一体となって目覚め、存在し始めるこの〈私〉こそ、真の自己、つまり私たちの自己の本来のあり方なのであり、ふだん私たちがそうであるところの主体としての自己は、この真の自己を根拠・根源とし、この真の自己からいわば派生した自己にほかならない。私たちはふだん、主体として生きているために、この本来の自己、真の自己をすっかり忘れ去っているが、しかし、この本来の自己、真の自己は、私たちが私たち自身であることの根拠・根源として、私たちの精神の根底につねにひそんでいるのだ。
私たちが真の印象に触れるとき、それと同時に私たち自身のうちに真の自己が目覚めるという事実は、無意志的記憶、そして「謎めいた印象」(impressions obscures)という現象を語るさいに、プルーストがつねに強調するところであるが、ここで「謎めいた印象」というのは、真の印象が、無意志的記憶のように過去の回想として蘇るのではなく、現在のこととして直接意識に現われてくる体験のことである。

しかし私は〔……〕いくつかの謎めいた印象もまた、時折、遠くはすでにコンブレーのゲルマントの方で、ちょうど追憶のように、私の思考をうながしていたことに思い至った。それらの印象は、昔のある感覚ではなく、新しい真実、貴重な映像を秘めているのであったが、それを発見しようとするには、ちょうどあることを思い出そうとするときのような努力が必要であった。
(IV-456)

以上の文章で触れられているゲルマントの方への散歩のおりに経験した「謎めいた印象」とは、つぎのようなものである。

とつぜん、ある屋根が、石のうえに当たる日ざしが、ある道の匂いが、私の脚を止めさせるのであった。というのも、それらが私にある特殊な喜びを与えたからであり、また同時に、それらは、目に見えるものの彼方に、何かを隠しているように思われたからである。そして、それらはその何かをつかまえにおいでと私を誘っているのに、いかに努力しても、私にはそれが発見できないのであった。私はその隠されている何かが、それらの屋根や日ざしや匂いのなかにあると感じたので、その場にじっとしたまま、目を見張り、大きく息を吸い込み、私の思考といっしょに、それらの映像や匂いの彼方にまで突き進もうとした。

(I-176)

これらの印象は、「理由の分からないある喜びを、またある種の豊かな力がわき起こるような幻想を、私に与え」ながら、その印象の背後に隠されている何ものかをつきとめるよう「私」の精神をうながしはしても、その印象を究めるのに、知性もいかなる知識も役に立たず、「私」の精神は、そうした印象をまえに、ただとまどうばかりである。

けれども、私はそんなサンザシのまえでじっと立ちつくし、目に見えないそのしつこい匂いを吸って、それを私の思考のまえに差し出してみたが、思考はその匂いをどう扱ったらよいか分からず、私はいたずらにその匂いを見失ったり、また見出したりするばかりで、サンザシが若々しい喜びにあふれながら、音楽のある種の音階のように、思いがけない間隔をおいて、ここかしこにその花をまき散らしている、そんなリズムと一体になろうとする私の努力は虚しかった。しかも、サンザシの花は、同じ魅力を、尽きることなくたっぷりと、無際限に私に差し出してくれたが、私にはその魅力をそれ以上深く究めることはできなかった――ちょうど、連続して百度演奏してくれても、それ以上深くその秘密に近づくことができないメロディのように。(I-136)

ここで「私」がおぼろげに感じ取っているのは、サンザシのもたらす印象のなかにひそんでいる真の現実であり、またその真の現実そのものでもある真の自己が「私」のうちで目覚めようとしている気配である。というよりもむしろ、このときの「私」は、真の現実＝真の自己が自分に語りかけていることをかすかに感じながらも、主体としての「私」の意識の働きそのものが障害となって、その語りかけをはっきり聞き取れない状態にあるのだ。「謎めいた印象」を究めようとする主体としての「私」の努力、知性の働きそのものが、逆に真の現実＝真の自己を「私」の意識から遠ざけてしまうのである。

それでも一度だけ、「私」は同じような種類の印象を受け、しかもそれを放り出さずに、少しばかり掘り下げることに成功する。それは、ゲルマントの方への散歩の帰り道でペルスピエ医師に出会い、その馬車に乗せてもらったときのことである。「私」を御者の横に乗せた馬車は、マルタンヴィル＝ル＝セックに向かって風のように走る。

ある道の曲がり角で、マルタンヴィルのふたつの鐘塔が目に入ったとき、とつぜん私は、ほかのどんな喜びにも似ていないあの特殊な喜びを覚えた。夕日を浴びたそのふたつの鐘塔は、馬車が走り、道がうねうねと曲がるにつれて、場所を変えていくように見えた。ついでヴィユーヴィックの鐘塔が現われたが、こちらは前のふたつの鐘塔とは丘ひとつと谷ひとつを隔てて、遠方のもっと高い丘のうえに建っているのに、ふたつの鐘塔のすぐ近くにあるように見えるのだった。
ふたつの鐘塔の尖った屋根の形、それらの線の移動、その表面に輝く夕映えを、目に確かめ、心に刻みながら、私は、自分がまだその印象の奥底に達していない、何かがこの運動の背後、この明るさの背後に存在する、鐘塔はその何かを含みながら、しかもそれを隠しているようだ、と感じるのだった。(I-177, 178)

ここで「私」が受けた印象は、先に見たいくつかの印象の場合のように、ある「特殊な喜び」を「私」にもたらすが、具体的な物質(その形、匂い、色など)に結びついたそれらと違って、この印象は、馬車の動きと道の曲折によって、「私」と三つの鐘塔のあいだに刻々に生じる位置の変化、あるいはその位置の変化によって起こる三つの鐘塔の運動から生まれている。

私たちはふたたび〔マルタンヴィルを〕出発した。私はまた御者の隣の席に戻り、もう一度鐘塔を見るために振り返った。鐘塔は、少しして、ある道の曲がり角でわずかに見えたが、それが最後になった。御者は口をききたくない様子で、私が話しかけてもろくに返事もしなかったので、ほかに相手もなく、私はやむなく自分自身を相手に、鐘塔のことを思い出そうとした。すると間もなく、鐘塔の描く線と夕日に照らされた表面が、まるで外皮のように破れ、それらのなかに隠されていたものが、少しばかり姿を現わした。と同時に、その一瞬まえまで存在しなかった想念が心に浮かび、それが私の頭のなかで言葉の形をとった。すると、先ほど鐘塔を見たときに覚えた喜びがさらに大きくなり、一種の陶酔にとらえられた私は、もはやほかのことは考えられなくなってしまった。(I-178)

こうして「私」は、謎めいた印象を少しばかり掘り下げることに成功したのだが、ここで「鐘塔の描く線と夕日に照らされた表面が、まるで外皮のように破れ、それらのなかに隠されていたものが、少しばかり姿を現わした」と言われているのは、じっさいには、主体としての私の意識の厚い幕が一瞬裂け、その裂け目から、真の印象が「私」の意識に直接現われたことを示しているだろうし、また「その一瞬まえまで存在しなかった想念が心に浮かび、それが私の頭のなかで言葉の形をとった」というのは、真の印象が「私」の意識に現われると同時に、その印象に内在する「私」の真の自己のうごめきを感じ、さらにはその自己の発する言葉が、かすかにではあっても、聞こえてきたことを示しているだろう。そのときに「私」が覚えた大きな喜びとは、「私」自身の真の自己が目覚め、ほんのつかの間であれ、意識に蘇ったことの喜びにほかならない。

その後「私」は、バルベックでヴィルパリジ夫人の馬車に乗せてもらって遠乗りに出かけた折に、「マルタンヴィルの鐘塔」のそれときわめて似通った体験をする。馬車がユディメニルの方に向かっていく途中、「とつぜん私は、コンブレー以来あまり経験したことのなかったあの深い幸福感、とりわけマルタンヴィルの鐘塔が私に与えてくれたそれに似た幸福感」に満たされる。この幸福感は、「私たちがたどっている起伏のある道から少し引っ込んだところにあって、茂みに覆われた小道の入口の目印になっているらしい三本の木」を目にしたとたんに生まれた。そしてこの幸福感の原因は、それらの三本の木が「はじめて見たとは思われない構図を形作っている」ことにあるように思われたが、どうしてそれがこれほど大きな喜びをもたらすのか分からなかった。この喜びは謎に包まれており、「思考が思考みずからを相手にしなければならないときに必要な精神の努力を要求する」。だが「この喜びの大きさにくらべれば、これをあきらめさせる無為の快適さなどはまったく取るに足りないもののように思われ」、「この喜びだけが持つ現実性を深く追及していけば、ついに真の生活を始めることができるだろうと私には思われた」(II-77)。

私はその三本の木をじっとながめていた。それらの木はたしかによく見えた。だが、私の精神は、自分の力ではどうにも捉えることができなかった何かをそれらの木が隠しているのを感じるのだった。まるで、あまりに奥に入ってしまい、いくら腕を伸ばしても、それを包んでいるものに指の先が軽く触れるだけで、どうしてもつかむことができない品物でもあるかのように。

〔……〕私はしばらく何も考えずにいた。それから、思考をもっと集中させ、もっと緊張させて、木の方向へ、というよりも、その木をながめている私自身の内面の奥底へと、さらに深く飛び込んだ。またしても、木の背後に、さっきと同じ、見覚えのある、漠とした対象を感じたが、私はそれを引き出すことはできなかった。

(II-77, 78)

結局、この「ユディメニルの三本の木」のエピソードでは、先の「マルタンヴィルの鐘塔」のそれとは逆に、印象の背後に隠されているものを捉えることができないいらだちと悲しみを「私」は味わわねばならなかった。しかもその悲しみとは、単にひとつの謎を解くことができなかったという落胆などとはまったく性質を異にするもので、それはまさに、自分にとってもっともなつかしく、もっとも大切な存在を失ったときに覚えるような悲しみであった。「私」には、それらの木々が「過去の幻影、私の幼年時代の親しい仲間、共通の思い出を呼び起こす死んだ友人たち」であり、それらは「亡霊のように、私といっしょに自分たちを連れて行ってくれ、生き返らせてくれ、と私に頼んでいるように」思われる。あるいはまた、三本の木の「素朴で情熱的な身振りのなかに、愛されてはいても言葉を失ってしまったひと、言いたいことが相手に通じない、相手も察してくれないと感じるひとの無念さ」を「私」は読み取る。だが、ここで「私」が失おうとしているのは、単に「私」にとって大切な存在というだけではない。それはほかならぬ「私」自身の一部なのだ。

私は木々が必死にその腕を振りかざしながら遠ざかっていくのを見た。それはこう言っているようだった――君が今日私たちから読み取ることができなかったこと、それを君はこれからもけっして知ることはないだろう。この道の奥から努力して君のところまで伸びあがろうとしたのに、このままここに私たちを見捨てていくなら、君にもってきてあげた君自身の一部分は永久に虚無のなかに没してしまうだろう。

(II-79)

三本の木がその輪舞の背後に隠している何ものかは、「私」にとって、それほどにも親しくたいせつな実在に思われるのであって、それゆえ、馬車が三本の木を見捨てて去っていくとき、「馬車は、それだけが真実であると思われたもの、私をほんとうに幸福にしてくれたであろうものから、私を遠くに連れ去っていく」という悲痛な思いに打たれたのである。このエピソートでは、三本の木の輪舞から生まれる印象が「私」にもたらそうとしているものとは、まさしく「私」自身の真の生、真の自己にほかならないことが、ネガの形ではあるが、強く示唆されている。

最後にもうひとつ、無意志的記憶の例を挙げたい。それは「心情の間歇」のエピソードである。かつて祖母とともに滞在したバルベックのグランド・ホテルをふたたび訪れた最初の晩のこと。

私の全人格の顚倒。最初の晩から、私は疲労のために心臓の動悸がはげしく打って苦しかった。その苦しみをなんとか抑えながら、私はゆっくり用心深く身をかがめ、靴を脱ごうとした。ところがハーフブーツの最初のボタンに手を触れたとたんに、何か知らない神聖なものの現われに満たされて、私の胸はふくらみ、嗚咽に身を揺すられ、目から涙があふれ出た。今、私を助けにやってきて魂の枯渇から救ってくれたものは、数年前、同じような悲しみと孤独にうちひしがれ、自分をすっかり失っていたときに、私のなかに入ってきて、私を私自身に返してくれたのと同じものであった。というのも、それは自己でありながら自己以上のもの（内容よりも大きく、その内容を私にもたらしてくれる容器）だったのだ。私は今、記憶のなかに、あの最初に到着した夕べのままの祖母の顔、がっかりしながらも、やさしく、心配そうに、疲れた私をのぞきこんでいるその顔を、ありありと認めたのだ。それは、今までその死を悲しまなかったことを自分でもふしぎに思い、気がとがめていたあの祖母、名前だけの祖母、そんな祖母の顔ではなく、私の真の祖母の顔であった。彼女が病気の発作を起こしたあのシャン＝ゼリゼ以来はじめて、無意志的で完全な回想のなかに、私は祖母の生きた実在を見出したのだ。（III-152, 153）

数年前、同じグランド・ホテルに到着した最初の晩、祖母と過ごしたひとときの真正な印象が、靴を脱ごうとして身をかがめた動作の偶然の一致によって、無意志的に蘇り、それと同時に「私」自身の真の自己が目覚め、「私の全人格の顚倒」を引き起こしたのである。その直前までの「私」は、「恩知らずで、利己的で、冷酷な若者」でしかなく、そんな「私」がたとえ祖母を思い出すことがあったとしても、「私の言葉や思考の底には、祖母に似たものは何ひとつなかった」。

ところが、喜びや苦悩の入っている感覚の額縁がふたたび捉えられるならば、今度はその喜びや苦悩は、相いれないすべてのものを排除して、かつてそれらの感情を生きた自己を私たちのなかに住まわせる力を持つのである。（III-154）

このように、私たちの真の自己は真の印象に内在し、印象を発現させるべく、印象とともに蘇る。真の自己とは、ここで述べられているように、「自己でありながら自己以上のもの（内容よりも大きく、その内容を私にもたらしてくれる容器）」と言うべき存在、つまり主体としての自己をはるかに超え、私たちと私たちが生きている世界を包み込む大きな容器のごとき存在である。

Ⅳ　ふたつの自己

私たちのうちにはふたつの自己が併存する。ひとつは主体としての自己であり、もうひとつは真の印象に内在し、印象を発現させるべく、印象とともに蘇る自己であるが、プルーストによれば、後者こそが私たちの真の自己である。

ただし、私たちがふだん意識している自己、私たちがふだんそうである自己とは、もっぱら主体としての自己でしかない。主体であるとは、みずからを自立自存の存在と見なし、自分以外のすべてのものを対象と見なすことである。この自己にとって、自分以外のものはすべて自分のそとに存在するのであり、かくして、それらの総体からなる外部の世界、客観的世界が成立する。この自己にとって、この外部の世界、客観的世界だけが現実世界であり、それゆえ自分自身もまた、その世界の一部分であるし、またそうであるほかないと考えることになる。

　この自己は、みずからを自立自存の存在と見なしているために、つまりは他の何ものにも依拠しない絶対の主体として自己定立しているために、自分自身がいかなる存在であるかをみずから問うことはけっしてない。この自己にとって、自分が自分であることは自明の事実、まさにアプリオリなのである。しかし多少なりとも考えてみれば、この自己の本質が、自分自身でありたいという欲望、すなわち自執にあることは明らかである。自分の存在を維持したい、さらには拡充し強化したいという欲望、要するに自己中心性、エゴイズムが、この自己の根本性格である。私たちがふだん主体であらざるをえないのは、先にも述べたように、生活の必要性、あるいは必然性に迫られてのことでもある。自分の生存を維持し、安全で快適な生活条件を確保し、さらには他者との競争に打ち勝っていくために、私たちはみずから主体となって、自分以外のあらゆるもの、あらゆるひとについて、敵か味方か、自分にとって利益になるか害になるかをつねに判断しながら、あらゆるもの、あらゆるひとと、絶えず交渉しつつ、ときには協力し、ときには闘わなければならない。しかしこうしたすべてのことは、自分自身でありたいという欲望、すなわち自執の念に発しているのであって、たとえ協力する場合であっても、この自己が行う協力は、純粋なる愛、無私の愛からなされるのではなく、あくまで自分の利益を考えての打算からでしかないし（じっさい、互恵性すなわち give and take の関係は、容易に、「目には目を、歯には歯を」という敵対・報復のそれに変貌しうる）、いわんや、この自己が闘うのは、いかなる錦の御旗を立てようとも、自分が勝つことによって、自分の存在を維持し、さらには拡大強化するためでしかない。

この自己は、知性の主体、具体的に言えば、科学の主体、学問研究の主体でもある。科学や学問研究（とりわけ近・現代の学問研究）は、中立性、客観性、実証性、論理性を標榜する。しかし、その中立性、客観性、実証性、論理性が通用するのは、あくまで主体としての人間同士のあいだにおいてでしかない。主体としてのあらゆる人間に共通すること、通用することが、科学や学問研究における中立性、客観性、実証性、論理性の意味するところであって、人間以外の存在、あるいは人間であっても主体以外の人間のことは視野に入ってない。それゆえ、科学や学問研究がいかに中立性、客観性、実証性、論理性を標榜するとしても、科学や学問研究がめざしているのは、結局のところ、主体としての人間の利益にほかならない。つまり、科学も学問研究も主体としての自己中心性、エゴイズムをまぬがれてはいないのであって、その証拠に、人間に安全・快適・便利をもたらすべく開発された科学技術が、自然を汚染し変質させ、生態系を破壊する結果になっていることも、さらにまた、主体としてだけ生きているわけではない人間自身の存在をも脅かすに至っていることも、等しく周知の事実である。

主体としての人間は、自分がいかなる存在であるかを問うことができないと同様に、自分の出自を問うこともできない。この自己は、自分は自分であって自分以外の何ものでもないと考えている以上、そもそも、出自という概念すら思い及ばないのである。この自己にとって存在するのは、すべて対象、つまりは自分の外部に存在する〈もの〉でしかなく、それゆえ、結局のところ、自分もまたそうした〈もの〉のひとつとして、外部の世界、客観的世界のなかで生まれ、その世界で死んでいくと考えるほかない。要するに、主体としての自己からすれば、人間を含めたあらゆる存在は、この外部の世界、客観的世界に無限に広がる等質的時間・空間を支配する科学的因果関係によって生成・変化・消滅を繰り返しているのであって、それ以外にありようがないのである。近・現代のイデオロギーが唯物論であるのも、それによって説明されよう。近・現代は人間中心主義（humanisme）の時代とされるが、ここで言われる人間とはあくまで主体としての人間である。世界の主人、万物の尺度としての人間、つまりは世界のすべてのものを所有し、支配し、管理しようと欲する人間。かくして、主体としての人間が絶対の原理となり、世界のあらゆるものが、そして世界そのものが、この絶対の原理との関係においてしか存在しないことになる。要するに、人間を含めたあらゆるもの、そして世界そのものが、主体としての自己の〈対象〉、すなわち〈もの〉でしかなくなったのである。こうして、外部の世界、客観的世界が成立するのであるが、以上見た通り、その世界を成立させているのはあくまで主体としての人間であり、それゆえに、その世界が存在するのは主体としての人間にとってのみである。近・現代の人間は、人間中心主義、そして人間中心主義から必然的に導き出される唯物論という、みずからが築き上げた閉域、つまりは牢獄に閉じ込められてしまったのだ。

「われわれはどこから来たのか、われわれは何者なのか、われわれはどこに行くのか」――これは、ヨーロッパの近代に深い疑いを抱き、さらには絶望してしまったポール・ゴーガンが「絵の遺書」として制作した作品のタイトルであるが、こうした問い、つまり自己の出自、さらには人間の出自を問う問いは、近代以前のヨーロッパ、さらには近代化の波が押し寄せる以前のあらゆる非ヨーロッパ世界で、人びとがごく自然に抱いていた問いであった。ところが、近代以降の人間にとって、この問いはまったく無意味なものとなった。こうした問いを真剣に問う人間がいたとしても、そのような人間は冷笑や憐憫をもって迎えられるだけのことだろう。だがそうした反応も、近・現代人の精神を呪縛しているドグマ、つまりは主体としての人間を絶対の原理とする人間中心主義、そして人間中心主義から必然的に導き出される唯物論からすれば、ごく当然のことである。啓蒙という文明開化の洗礼を受けた人間にとって、人間(むろん、ここで言う人間とは主体としての人間にほかならない)を超えた存在など、いかなる意味でも存在しないし、同様にまた、科学が前提とする客観的世界のほかには、すなわち、無限の等質的時間・空間のなかで人間を含めたあらゆる存在が一定の因果関係にしたがって相互に作用しあいながら生成・変化・消滅を繰り返す世界のほかには、いかなる世界も存在しないのであって、こうした人間観・世界観に合致しない考えや思想はすべて、啓蒙化・文明化以前の神話、伝説、迷信、錯誤、ドグマ、イデオロギー等々であるにすぎないとされる。

プルーストが無意志的記憶や「謎めいた印象」を通じて見出した現実が、以上のような近・現代人が自明としている人間観・世界観とは、すなわち主体としての人間を根本原理とする人間観・世界観とは、まったく相いれないものであることは明らかである。プルースト自身、主体としての自己は真の自己ではないし、主体としての自己が生きている現実も真の現実ではないと明言している。プルーストによれば、無意志的記憶や「謎めいた印象」がもたらす印象のなかにこそ、私たちの真の現実が存在し、また私たちの真の自己がひそんでいる。無意志的記憶や「謎めいた印象」がもたらす印象を生きることが、そのまま、真の現実を生きることであり、また私たち自身が真の自己になることである。しかも、その真の現実とは超時間的な現実であり、同様にまた、その現実を生きる私たち自身も超時間的な存在である。当然のことながら、主体としての自己と真の自己とは、同じ自己ではあっても、互いに相いれないのであって、私たちが主体であるかぎり、私たちは真の自己ではありえない。そもそも、主体としての私たちにとって、世界とは外部の世界、客観的世界でしかなく、自己＝人間もまた、外部の世界、客観的世界のなかに生きる時間的存在であるほかない。

以上のことから言えるのは、私たちが主体としてあるかぎり、プルーストの作品、つまり『失われた時を求めて』という小説を真に理解することはできないということであり、それゆえ、『失われた時を求めて』という小説を対象化・客観化して、この小説を時代、環境、影響関係などから解読する、科学としての歴史学、社会学、心理学などを適用して解明する、などといった試みは、根本的に間違っているということになる。ところが、近・現代の学問研究はすべて、自然科学に倣って客観性・実証性を基本態度としており、文学研究も例外ではなく、おおかたのプルースト研究者もこうした態度に立っている。たしかに、客観性、実証性に基づかなければ、まともな研究とは認められない以上、そのような研究態度で作品に向かわざるをえないという事情もあるだろう。しかし、そうした研究態度で『失われた時を求めて』に向かうことそれ自体が、『失われた時を求めて』の真実を、つまりはプルーストの言う真の現実、真の自己を、おのずから否定することを意味する。じっさい、『サント＝ブーヴに反論する』においてプルーストが言わんとしているのは、まさしくそのことなのである。

つまり一冊の書物とは、私たちがふだんの習慣、交際、さまざまな悪癖などに現わしている自己とはまったく異なる、もうひとつの自己の所産なのだ〔……〕。このもうひとつの自己を理解しようと思うなら、私たちは自分自身の内奥に沈潜して、自分のうちにこの自己を再創造してみる以外に方法はない。こうした内心の努力を免除してくれるような口実は、何ひとつありはしない。（CS-221,2）

文学作品を生み出す自己（それは作者自身の真の自己にほかならない）は、作家がふだんの生活において現わす自己とはまったく異なる自己であり、この自己は作品のなかにしか現われないとすれば、この自己を知り、理解するには、ただひたすら作品を読む以外にいかなる方法もないということになろう。プルーストが「読書の日々」で強調しているように、作品を読むことを通じて、作品を生み出す自己の活動に触れ、この自己から刺激、うながしを受けることによって、読者自身のうちに作者の真の自己に相当する自己、つまりはみずからの真の自己が目覚めるということ、そのことが何より重要なのであり、ほとんどそれがすべてなのである。真の自己を理解できるのは真の自己でしかなく、それゆえ、読者自身が真の自己になるということが、作品を生み出す自己、すなわち作者の真の自己を理解する唯一の方法なのであり、ひいては作品を理解する唯一の方法でもあるのだ。

作品を真に理解するには、その作者の視点に立たねばならない。作者の視点に立つということ自体が、作品を真に理解するということである。プルーストに即して言うなら、『失われた時を求めて』という作品を真に理解するとは、無意志的記憶や「謎めいた印象」がもたらす真の印象とともに蘇る自己の視点に立つということにほかならない。最初に見たように、プルーストは「無意識の再記憶のうえに私の全芸術論を据える」と明言しているが、それは、『失われた時を求めて』という作品が、無意志的記憶を通じて蘇った真の自己が創造主体となり、この自己の視点から描かれた世界である、ということを意味する。

このように、『失われた時を求めて』という作品を真に理解するとは、作者プルーストの視点、つまりは無意志的記憶や「謎めいた印象」がもたらす真の印象とともに蘇った自己の視点に立つことにほかならないが、しかし作者プルーストの視点、真の自己の視点に立つには、先に述べたように、読者自身が真の自己になる以外にいかなる方法もないのである。むろん、どんな読者であれ、作品にはじめて接するときには、主体としての自己でしかなく、作品を自分のそとにある〈対象〉として読み始めるだろう。しかし、作品を読み進めていくうちに、作品世界に没入し、作品を創り出す自己、作者の真の自己の活動に触れ、刺激やうながしを受けることによって、主体の立場が根底から揺るがされ、自分自身のうちに主体としての自己とは別の自己、作者の真の自己に相当する自己がしだいに目覚め、やがては読者自身が真の自己になっていく。この真の自己とは、真の印象を、つまりは真の現実、真の生を見出し、それを生きることのできる唯一の自己であるが、自分自身がそのような自己になることによってはじめて、読者は作者プルーストの真の自己を知り、その視点に立つことができる。そしてそのことが、『失われた時を求めて』という作品を真に理解することなのである。プルーストを、そして『失われた時を求めて』を、真に理解するには、それ以外にいかなる方法もありえない。すでに見たように「〔作品を生み出す〕このもうひとつの自己を理解しようと思うなら、私たちは自分自身の内奥に沈潜し、自分のうちにこの自己を再創造してみる以外に方法はない」のであって、「こうした内心の努力を免除してくれるような口実は、何ひとつありはしない」、「この真実は、一から十まで、私たちが自分で作り上げねばならない」のである。

V　内部の書物

このように、『失われた時を求めて』という小説は、作者プルーストの真の自己の視点から描かれた、彼自身の真の生の表現である。この真の生は、外部の世界に現われることなく、誰の目にも見えないとしても、作者プルーストの真の自己がつねに生きている世界にほかならない。

〔……〕偉大な作家は、あの本質的な書物、真実なる唯一の書物を、一般に通用している意味においていて、作り出す必要はない。なぜなら、それは私たちひとりひとりのうちに、すでに存在しているのだから。それゆえこの書物は作り出すのではなく、翻訳しなければならないのだ。作家の義務と仕事は翻訳家のそれである。

(IV-469)

真実の生、ついに発見され、明らかにされた生、それゆえ、真の意味において生きたと言える生、それは文学である。この生は、ある意味で、芸術家のみならず、すべての人間のうちにつねにひそんでいる。しかし、彼らにはそれが見えない。なぜなら、彼らがその真実の生をみずから明らかにしようとしないからである。

(IV-474)

〔……〕私たちは芸術作品をまえにして、いささかも自由ではないし、私たちはそれを自分の思い通りに作るわけではない。それは私たちに先立って存在しており、必然的存在であると同時に隠されているために、私たちは、自然の法則を発見するようにして、それを発見しなければならない。しかし、芸術が私たちに発見させてくれるものは、じっさい、私たちにとってもっとも貴重なものであるにちがいないが、ふつうはいつまでも私たちに知られないままの状態にある。そしてそれこそ私たちの真の生であり、私たちが感じたままの現実なのであるが、私たちが信じているものとはまったく違うので、偶然が真の回想をもたらすとき、私たちはあのような幸福で満たされるのではなかろうか。

（IV-459）

私たちは、日々の暮らし、社会生活において、主体としての人間の相互主観性によって意味づけられ、構成された世界を生きている。私たち自身もまた、もっぱら主体として生きており、自分以外のあらゆるもの、あらゆるひとを対象化し、そうして対象化したすべてのもの、すべてのひとを自分の立場——自分の欲望、価値観、利害関係等々——から意味づけつつ、生活している。私たちが真実の世界、唯一絶対の世界と見なし、そのなかに生きている万人共通の世界、客観的世界とは、まさにそのようにして、主体としての人間同士が作り出した相互主観的世界にほかならない。むろん、この世界を真の世界、唯一絶対の世界であると私たちが考えるのも、それなりの理由ないし必然性がある。生活を営んでいくうえでの必要性、実用性、功利性ゆえに、私たちは、日々の暮らし、社会生活において、何はともあれ、まずは主体として生きざるをえないのであって、まさにそのことが、万人共通の世界、客観的世界を作り出しているのである。このように、万人共通の世界、客観的世界とは、私たちが生きざるをえない必然的な世界とも言えるのだが、そうではあっても、主体として生きるかぎり、私たちは真の自己であることはできず、それゆえにまた、真の生を生きることができないという事実には変わりない。というのも、主体としての自己が私たちの真の自己を無意識の闇のなかに閉じ込めているのであり、同様にまた、万人共通の世界、客観的世界が、厚い遮蔽幕となって、私たちの真の生を覆い隠しているのである。

私たちは、一生のあいだ、ひとと話し続けても、一分間の空虚を無限にくりかえす以上のことは何もできない。それにひきかえ、芸術創造の孤独な営みにおいては、思考の歩みは、深さの方向に伸びるのであって、それこそ――もちろん、そのほうが苦痛は大きいが――真理という結果に向かって歩みを進めることができる、私たちに閉ざされていない唯一の方向なのである。友情はまた、会話とおなじく、何の効能もないばかりか、私たちに不幸をもたらすことになる。なぜなら、純粋に内的な方向に自己発展の道を見出すような掟を生きるある種の人間にとっては、内的な方向にその発見の旅路をたどるのではなく、友人のそばにいるときには、つまりは自分の表面だけにとどまっているときには、退屈の印象をまぬがれないからである。〔……〕サン＝ルーのような、親切で、聡明で、ひっぱりだこの友人に、愛され、ほめられるのを、私が喜んでいたとき、そして私自身の内奥にひそむ謎めいた印象を解き明かすという義務に私の知性を用いないで、ただ私の友の言葉にだけそれを用いていたとき、私は自分に過ちを犯していたのだし、ほんとうに成長し、ほんとうに幸福になれる方向への発展を、みずから阻んでいたのだった。私は友の言葉を自分にくりかえしながら〔……〕真にひとりでいるときに黙々として追及する美とはちがった美、もっぱらロベールに、私自身に、私の生活に、いっそう多くの価値をもたせるそんな美を見出そうと努めるのであった。そんな友が私に創り出してくれる美にあっては、私はまるで暖かいおくるみに包まれたように、荒々しい孤独から保護され、友人のために自分を犠牲にしようという高貴な欲望を抱いているように見えるのだが、じつのところ、私は自分の真の自己を実現することができない（incapable de me réaliser）でいたのである。

（II-260, 261）

ここでもう一度、真の自己とはいかなる存在か、またこの自己が生きる真の生とはいかなる生か、それを確認しておきたい。

私たちの真の自己は、何よりもまず、無意志的記憶や「謎めいた印象」を通じて現われる真の印象とともに蘇る。真の印象とは何か。それは、主体としての私たちが意味づけ、構成する以前の現実、私たちの意志や知性が介在することなく「おのずから形成される」現実、純粋な〈現われ〉としての現実である。現象学が根本原理としているように、「現われなければ何ものも存在しない」、「すべては現われるかぎりにおいて存在する」のであって、〈現われる〉ことこそ、世界の始原にして根源なのである。真の印象、つまり純粋な〈現われ〉としての現実が、超時間的な現実だと言われるのは、まさしくそれゆえである。とはいえ、何かが現われるのは、誰かに現われるのであって、この誰かが存在しなければ、〈現われる〉ということ自体が成立しない。そしてこの誰かとは、〈私〉以外の誰でもありえない。というのも、自分を感じ、自分を知ることができる存在、すなわち自覚存在だけが、何かを感じ、何かを知ることができる。つまり〈自己性〉（ipséité）こそ、何かが現われることの必須条件なのである。では、この〈自己性〉すなわち〈私〉は、何かが現われるのに先立って、あらかじめ存在しているのだろうか。しかし、〈現われる〉ことが世界の始原にして根源であるとすれば、〈現われる〉こと以前には何も存在するはずはない。とすれば、この〈自己性〉＝〈私〉は、〈現われる〉ことそれ自体のうちに、〈現われる〉ことの必須条件として、内在していると考えるほかはない。だからこそ、この〈自己性〉＝〈私〉は、真の印象、すなわち純粋な〈現われ〉としての現実が現われると同時に、その現実と一体となって蘇るのである。

時間の秩序から抜け出した一瞬間が、その瞬間を感じるべく、私たちのうちに時間の秩序から抜け出した人間をふたたび生み出したのだ。（IV-451）

まさにその通りであるが、しかしこの「時間から抜け出した一瞬間」は、それを感じる人間、すなわち〈私〉なくしてはけっして現われないし、それゆえまた存在しえないのである。このように、真の印象、すなわち純粋な〈現われ〉の必須条件として、〈現われる〉ことのうちに内在し、真の印象が現われると同時に、その現われと一体になって蘇るこの〈私〉こそ、私たちの真の自己であって、真の印象がそうであるように、この自己もまた超時間的な存在なのである。このように、真の自己とは、世界＝時の始まりに立ち会う存在、あるいは世界＝時の始まりを媒介する存在、さらには世界＝時が始まる〈場〉そのものとしての存在と言うことができるだろう。プルーストが「失われた時」、「見出された時」という場合の「時」とは、まさに世界の始まり、時の始まりを意味しているのであり、物語の最後に「私」が「時」を見出したというのは、世界が始まり、時が始まる〈場〉に到達し、自分自身がその〈場〉に変貌したということなのである。

もし作品を完成させるに十分長いあいだ、その力が私に残されているとすれば、かならずや、人間たちを（たとえ怪物のような存在に似せてしまうことになろうとも）、空間のなかで彼らにあてがわれているあのように狭い場所ではなく、逆に厖大なひとつの場所を占める存在として、私の作品のなかに描きこむだろう。そんなふうに人間は、多くの歳月のなかに投げこまれた巨人ともいうべく、多くの日々がやってきてそれぞれの位置を占めている互いに遠く隔たったさまざまな時期に同時に触れることができるような、際限もなく延び広がったひとつの場所、つまりは「時」のなかに生きているのだ。　（IV-625）

私たちの真の自己とは、このように、世界＝時が始まる〈場〉そのものなのであり、私たち自身ですらふだんこの自己を忘れている、あるいはまったく意識できないとしても、私たちひとりひとりの内部にはつねにこの自己がひそんでいるのであって、この自己なしには、私たち自身も、また私たちの生きる世界も、いっさい存在しえないのである。そして以上のことを言い換えるなら、私たち自身のうちには、まったく新しいひとつの世界、まさに唯一無二の世界がつねにひそんでいるのであり、私たちは、自分では気づかぬままに、このまったく新しいひとつの世界、唯一無二の世界をつねに生きている。この世界こそ、私たちの真の生なのだが、まったく新しい唯一無二の世界であるために、既成の概念や言語によっては、この世界を解読することは不可能である。この「内部の書物」を解読することは、まさに「一種の創造行為であるほかない」。

未知のしるしからなる内部の書物〔……〕この書物を解読するための規則を誰も私に提供してはくれないのであって、この読解は一種の創造行為であるほかなく、誰もそれを私たちに代わって行うこともできなければ、私たちを手伝うことさえできないのである。(IV-458)

私たちの真の自己、つまり本来の私たちは、それぞれに異なり、それぞれに独立した唯一無二の世界、「個人と呼ばれる世界」(III-762)を生きている、というよりも、この真の自己自身がそのまま「個人と呼ばれる世界」なのであって、両者は不可分の一体をなしている。むろん、この「個人と呼ばれる世界」も、主体としての自己から見れば、つまりはそれを対象化してしまえば、万人共通の世界、客観的世界に還元されてしまう。だが、私たちがほんとうに生きているのは、そうした万人共通の世界、客観的世界ではない。じっさい、私たちひとりひとりの自己は他のいかなる自己とも取り換えることはできないし、私たちは自分の生と死を他の誰とも共有できない。そしてそれは、私たちのひとりひとりがそれぞれに「個人と呼ばれる世界」を生きているからである。「個人と呼ばれる世界」こそ、私たちがほんとうに生きている世界である。だが「個人と呼ばれる世界」は、ふだんの生活において、主体としての自己が作り出した万人共通の世界、客観的世界によって覆い隠されている。「個人と呼ばれる世界」をふたたび見出し、それを再創造するのに、意志も知性もまったく無力であり、科学も学問も何ひとつ役に立たない。それができるのは、ただ芸術だけである。「個人と呼ばれる世界」をふたたび見出し、再創造すること、それが芸術の真の目的であり存在理由なのだ。「個人と呼ばれる世界」が、それぞれに異なり、それぞれに独立した唯一無二の世界である以上、芸術がなすべきことは、何よりもまず、この世界のあり方の唯一無二性、つまりはその質的差異を表現することである。優れた芸術作品、真の傑作には、かならずこの質的差異が刻印されている。たとえば、ヴァントゥイユの七重奏曲。

なぜなら、このとき、ヴァントゥイユは、新しくあろうと力を尽くしながら、自分自身に問いつめ、あらんかぎりの創造意欲をふりしぼって精神の内奥にひそむ自分自身の本質に達したのであり、そこではどんな質問を課そうとも、彼の本質が同じ響きで、つまりはそれ固有の響きで、これに応えるのである。ひとつの響き、このヴァントゥイユの響きは、ふたりの人間の声の違いも、また二種類の動物の鳴き声のあいだに見られる違いさえも、はるかに及ばぬ大きな違いによって、他の作曲家の響きからへだてられている。それこそ真の差異（une véritable différence）であって、それはある音楽家の思考とヴァントゥイユが行う永遠なる探求とをへだてる差異にほかならない。〔……〕ひとつの響きと私は言った。なぜなら〔……〕それはまさしく唯一無二の響きであって、独創的な音楽家であるかの歌匠たちがみずからを高めていくのも、あるいはまた、彼らがわれ知らず立ち返っていくのも、この響きに向かってなのである。そしてこの響きこそ、魂が何ものにも還元されない独自の存在であることの証しなのである。（III-760, 761）

この唯一無二の響きは、それぞれの芸術家の真の自己から、この真の自己が生きている「個人と呼ばれる世界」から、響いてくるのであって、この響きこそ、「魂が何ものにも還元されない独自の存在であることの証し」なのである。

世界を見る目が変わり、純粋になり、内的祖国の思い出によりふさわしいものになるにつれて、それが音楽家の場合には音全体、画家の場合には色全体の変質となって現われるのはごく自然なことである。〔……〕この唯一無二の歌の単調さこそ――というのも、どのような主題を扱おうと、彼はつねに自分自身のままなのだから――音楽家の魂の構成要素がつねに不変であることを証している。とするなら、この魂の構成要素、私たちが自分だけの秘密として心の奥底に秘めておくことをよぎなくされている実在の根底、友だち同士でも、師弟のあいだでも、恋人同士でさえ、会話によっては伝えられないもの、各人が感じたものを質的に区別するこの言葉にならぬもの、言葉の入口で誰もが放棄せざるをえないもの（というのも、言葉による他者とのコミュニケーションが可能になるのは、万人に共通する何の興味もない外面的な事柄に話をかぎることによってでしかない)、それをヴァントゥイユやエルスチールの芸術は、私たちの目にも見えるようにしてくれるのではなかろうか。つまり芸術は、個人と呼ばれる世界、芸術なしにはけっして知ることのできないこの世界の内的構造を、スペクトルの色を通じて外在化するのである。

(III-761, 762)

ヴァントゥイユやエルスチールのような真に独創的な芸術家たちがその作品において表現しようとしているものが、「個人と呼ばれる世界」、真の自己が生きている世界であるとすれば、彼らの作品に、「私」が無意志的記憶や「謎めいた印象」から受けたそれと同質の印象を見出すことになるのは、むしろ当然のことである。ヴァントゥイユの七重奏曲を聴いたとき、「私」はつぎのような感想を抱く。

最後に歓喜のモチーフが高らかに鳴り響いた。それはもはや、うつろな空の彼方に発せられた不安げな呼びかけではなく、楽園からもたらされたかと思われる言葉に尽くせない歓喜であった〔……〕。私は知っていた、喜びのこの新たなニュアンス、地上の世界を超えた喜びへのこの呼びかけ、それをけっして忘れはしないことを。だが、この喜びははたして私にも実現できるものなのだろうか。この問いはひじょうに重要なものに思われた。それというのも、真の生を築きあげるための目印やきっかけとして、これまでの私の人生のなかで長い間隔をおいて時々見出したあの印象、たとえばマルタンヴィルの鐘塔やバルベック近郊の立ち木をまえにして感じた印象を、この楽節が——私の生活の他のすべての部分から、また目に見える世界から、はっきり区別されたものとして——もっともよく特徴づけているように思われたからである。（III-764, 765）

だが、よく高く、より純粋で、より真実な感動を私たちにもたらす彫刻や音楽が、ある精神的現実に対応していないはずはありえない。さもなければ、人生には何の意味もなくなってしまうだろう。その証拠に、私がこれまでの人生において時々感じたあの特殊な喜び、たとえばマルタンヴィルの鐘塔やバルベックの道で何本かの木をまえにしたときの喜び、あるいはもっとてっとり早く、作品の冒頭で一杯のお茶を飲んだときに感じた喜び、こうした喜びに、ヴァントゥイユの美しい一楽節以上に似たものは、何ひとつとしてなかったのだ。（III-876, 877）

第三章　物語——恋愛・スノビズム

前章では、『失われた時を求めて』における無意志的記憶の意味や役割について、やや集中的に論じた。無意志的記憶は、『失われた時を求めて』に主たる「原材料」を提供しているばかりか、この巨大な作品を支える「全芸術論」を、さらには作品の構造自体をも、厳密に規定している。そうした意味において、無意志的記憶こそ『失われた時を求めて』の原母体である。

プルーストにとって、無意志的記憶によって蘇る現実こそ、真の現実である。しかし、ここで言う「真の現実」とは、万人共通の事実、すべての人びとの主観に妥当する現実、科学的意味での客観的真実といったものではまったくなく、私たちひとりひとりの生と存在の根拠・根源である現実、私たちのひとりひとりの真の生、真の自己そのものでもある現実である。『失われた時を求めて』という小説の中心主題とは、こうした意味における真の現実の発見と認識、そして芸術創造によるその実現ということにほかならない。というのも、この「真の現実」とは、私たちひとりひとりが生きている真実の世界、私たちひとりひとりの真の自己であるにもかかわらず、私たちはふだんの生活において、その真実の世界を生きてはおらず、私たち自身もまた、真の自己として生きているわけではない。私たちがみずからの真実の生を知り、私たち自身が真の自己として蘇るのは、無意志的記憶ないしは「謎めいた印象」という現象によってである。ただし、無意志的記憶や「謎めいた印象」は、外的偶然によって生じた現象にほかならず、それによって、わたしたち自身の真実の生、真の自己が意識されたとしても、ほんの一瞬のことにすぎない。そうした現実を真に実現するには、芸術創造によって表現するほかない。

真の芸術の偉大さとは〔……〕真の現実をふたたび見出し、ふたたび捉えることによって、その現実を私たちに認識させることにある。私たちはその現実から遠く離れて生きている。私たちはその現実を習慣的な知識に置き換えてしまうのだが、そうした知識が厚みと不透明性を増すにつれて、私たちはますますその現実から遠ざかっていく。私たちは、この現実を知らないまま、死んでしまう可能性さえおおいにある。しかもこの現実こそ、まさしく私たちの生なのである。真の生、ついに発見され、明らかにされた生、つまりは私たちが真に生きたと言える唯一の生、それが文学なのだ。

(IV-474)

もちろん、『失われた時を求めて』という小説は、そうした真の現実、真の生、真の自己の表現からのみ成り立っているわけではない。

〔……〕私の書物のマチエールは、真に充実した印象、超時間的な印象だけで構成されるわけにはいかない、と私はすでに心に決めていた。私がそれらの印象をつなぎ合わせようとしている真理のなかには、時間にかかわる真理、人間、社会、国家といったものがそのなかに浸りつつ、変化していく、そんな時間にかかわる真理もまた、重要な場所を占めるだろう。(IV-510)

事実、『失われた時を求めて』において、無意志的記憶や謎めいた印象、いわば特権的瞬間の主題、そしてそれらの現象によって蘇る真の現実を実現する方途としての芸術の主題が占める割合はごくわずかでしかなく、その大半は恋愛の主題、そして社交界・スノビズムの主題が占めている。それならば、特権的瞬間および芸術の主題と恋愛および社交界・スノビズムの主題はどのような関係でつながっているのか、あるいは両者は単に並列されているにすぎないのか。これまで書かれたおびただしい数のプルースト論によっても、このことはかならずしも明らかになっていないように思われる。

本章において明らかにしようと試みるのは、まさしく両者の関係である。あらかじめ見通しを述べておけば、たしかに分量的には、特権的瞬間および芸術の主題が占める割合はごくわずかでしかなく、大半は恋愛および社交界・スノビズムの主題が占めているとしても、あくまで要となるのは前者であり、究極的には後者は前者に包摂される、あるいは止揚されるのである。

I　ふたつの自己の関係

すでに述べたように、私たちのうちにはふたつの自己が併存する。ひとつは私たちが通常そうであるところの自己、いわば日常的自己・社会的自己であり、その本質は主体性、知性、意志、時間性、等にある。もうひとつは、無意志的記憶や謎めいた印象によってもたらされる真の印象、真の現実とともに、そうした印象・現実の意識そのものとして蘇る自己であり、プルーストはこの自己こそ、私たちの真の自己であるとしている。この自己の本質は受容性、直観、永遠性、等にあると言えるだろう。

言うまでもなく、特権的瞬間および芸術の主題は後者に対応し、恋愛および社交界・スノビズムの主題は前者に対応する。それゆえ、特権的瞬間および芸術の主題と恋愛および社交界・スノビズムの主題との関係を知るうえで、このふたつの自己の関係を知ることが重要な鍵になるはずである。逆にまた、特権的瞬間および芸術の主題と恋愛および社交界・スノビズムの主題の関係を知ることが、このふたつの自己の関係を知ることにもつながるのであって、このふたつの関係は並行し、対応しているのである。

ともあれ、まずはふたつの自己について考えてみたい。先に見たように、プルーストの言う真の自己とは、真の印象、純粋な〈現われ〉としての現実を受容しつつ、その印象＝現実を成立させる存在である。言い換えれば、真の自己とは、世界＝時の始まりに立ち会う存在、あるいは世界＝時の始まりを媒介する存在、さらには世界＝時が始まる〈場〉そのものとしての存在である。もちろん、この真の自己は、世界＝時を在らしめたり、それを構成したりする主体ではない。この自己は、世界＝時の〈現われ〉をもっぱら受容する存在でしかない。つまり、真の印象、純粋な〈現われ〉としての現実が現われると同時に、それを感じるべく蘇る存在にほかならない。ところが、この受容者としての自己、純粋な受動性を本質とする自己が、やがて主体としての自己に変貌し、変質する。この変貌・変質の過程をたどることはきわめてむずかしい。プルースト自身、それを明確に説明しているわけではない。ともあれ、この変貌・変質の過程は、大略、つぎのように説明されるだろう。

私たちの真の自己は、みずからの存在を受けとると同時に、その自己という存在の属性としてのさまざまな能力、すなわち、見たり、聴いたり、感じたり、思ったり、考えたりする能力、さらにはみずからのものとして与えられた肉体を動かす能力、そうした能力をも合わせて受けとる。そうした能力はみずから駆使することができるものとして与えられたものである以上、どんな自己であれ、また多少の能力差はあるとしても、やがてはそうした能力を意のままに駆使できるようになる。自分に付与されたさまざまな能力を意のままに駆使することができるようになるとは、自己自身がそうした能力の主体になることである。こうして、みずからに与えられたさまざまな能力の主体となった自己は、それらを自由に駆使することによって、自分自身をも意のままに動かすことが可能となる（じっさい、人間はみずからの生き方を自由に選択できるし、場合によっては、みずからの存在を抹殺することさえできる)。かくして自己は、自分自身を意のままに動かすことによって、あたかも自分が自分みずからの主体となったように思い込む。そうした状態がさらに続くと、自分はもともと主体なのであって、自分という存在は自分以外の何ものにも依拠しないと考えるようになる。こうして私たちの自己は、みずからを主体以外の何ものでもない存在、絶対の主体であると見なすにいたる。

私たちが通常そうであるところの自己とは、みずからをそうした主体であると見なすと同時に、じっさいにそうした主体としてふるまう自己である。みずからを自立自存の主体とするこの自己は、自分以外のすべてのものをみずからの対象とし、そうして対象化したすべてのものを、自分自身の関心や欲望によって構成し、また意味づける。しかもこの自己の本質は、その自己中心性、すなわち自分自身の存在を維持し、さらには拡充・強化したいという欲望にある。それゆえ、私たちの日常生活、社会生活は、もっぱらこの欲望を根本原理として構成され、営まれている。それぞれの人間が、みずからの生存を維持し、安全で快適な生活条件を確保しつつ、他者との競争に打ち勝っていくために、自分以外のあらゆるもの、あらゆるひとと絶えず交渉し、ときには協力し、ときには闘うことも辞さない。私たちは、通常、こうした自己として生きていることに何ひとつ疑問を感じないし、多くの場合、こうした自己であることに自足している。

しかし、みずからを自立自存の存在と見なしているこの自己、つまりはみずからを絶対の主体と見なしているこの自己は、じつは自立自存する存在でもなければ、絶対の主体でもない。私たちの自己自身も、私たちの自己が駆使するさまざまな能力も、もともとは与えられたものであって、私たち自身に属するものではないからである。言い換えれば、私たちの自己、そして私たちの駆使する諸能力、それらの真の主体は、私たちの自己ではないということである。たしかに、私たちの自己は主体でありうるが、そうありうるのは、自己自身の力によってではない。私たちが主体でありうることも含めて、私たちを自己たらしめているのは、私たちの主体性を超えたある絶対の主体であると考えるほかない。もちろん、この絶対の主体は私たちの自己が認識しうる対象として存在しているわけではない。しかし、私たちの自己および私たちが生きる世界が〈与えられている〉、しかもつねに与えられ続けているという事実それ自体によって、この絶対の主体は想定しうるだろう。何度も見たように、私たちの真の自己とは、真の印象、純粋な〈現われ〉としての現実が現われると同時に、その現実を感じるべく、その現実とともに蘇るのであり、しかもこの現象には、私たちの意志や知性、つまりは私たちの主体性は、まったく関与していないのである。ということは、真の印象、純粋な〈現われ〉としての現実を現象させ、それと同時に私たちの真の自己を蘇らせるある絶対的な力がたしかに働いているということを意味する。この絶対的な力こそ、私たちの真の主体であり、私たちの生と存在の根拠・根底なのである。

ともあれ、私たちが通常そうであるところの自己、主体としての自己は、私たちを自己たらしめている絶対の主体、私たちの生と存在の根拠・根源からすでに離脱してしまっていると言わねばならない。つまりこの自己は、みずからの生と存在の根拠・根源を奪われた欠如態にほかならず、それゆえ私たちは、自分ではまったく自覚しないところで、この欠落・欠乏をみずからのうちに抱え込んでしまっているのだ。そしてこの欠落・欠乏から生まれる欲望こそ、私たちを突き動かす根源的渇望となる。この根源的渇望は、もともと、みずからの絶対の主体、みずからの生の根拠・根源を求める衝動にほかならないのだが、そのことを知りえない私たちは、この渇望を外部世界の何らかの対象に投影してしまう。旅行の夢も、恋愛の夢も、社交界の夢も、すべてそんなふうにして生まれる。もちろん、この渇望を真に満たしてくれる対象が外部世界に存在するはずはなく、それはあくまで錯覚であり、幻想にすぎない。にもかかわらず、この錯覚ないしは幻想は、私たちがみずからの経験によって、この渇望を満たしてくれる対象はこの世に絶対にありえないということを徹底的に思い知るまでは、つまり完全なる幻滅、失望に至るまでは、けっして消え去らないだろう。少なくとも、それが『失われた時を求めて』の主人公「私」の運命であった。

私には、こんな思いがわき起こった。幻影ばかりを追うのが私の運命だった、と。またその現実性の大部分が私の想像力のなかに存在するような人間ばかりを追い求めるのが私の運命だった、と。じっさい、おかしな人間がいるもので——しかも、それが若い頃からの私の運命だったが——その人間にとっては、他の人間には固定した、確かな価値を持っているもの、たとえば財産とか、成功とか、高い地位といったものが、すべて物の数に入らないのだ。こんな人間に必要なのは幻影である。彼らはそのために、他のすべてを犠牲にし、あらゆる能力を傾け、そうした幻影に出会うためにあらゆる手段を尽くす。けれども、幻影はすぐに消え去る。すると何か別の幻影を追う。しかし結局また、最初のものに立ち戻るだけである。（III-401）

すでに述べたように、『失われた時を求めて』という小説の大半のページは、恋愛の主題、社交界・スノビズムの主題が占めている。恋愛の主題、社交界・スノビズムの主題とは、一言で言うなら、自分を苛んでやまない根源的な渇望の対象を外部の世界に追い求め続ける悲喜劇である。もちろん、それは幻想・錯覚にすぎず、いずれは幻滅・失望に終わらざるをえない。しかし、そうした試練を経ないかぎり、自分を駆り立てる渇望の真の対象は外部世界には（つまりこの世には）存在しえないことを、私たちは納得できないのである。

II　就寝のドラマ

以上のように、私たちが通常そうであるところの自己、主体としての自己は、みずからの真の根拠・根源を否定し、その真の根拠・根源から遊離してしまった自己であり、それゆえにみずからのうちに深い欠落・欠如をかかえている存在である。この欠落・欠如から深い渇望が生まれるが、私たちはこの渇望の真の原因、真の対象を知ることができない。というのも、この渇望は、まさに私たち自身がこの渇望の真の原因、真の対象そのものを否定したことによって生まれたものだからである。そこで、この不可解な渇望、しかもみずからの力によってはとうてい満たすことのできないこの渇望を、私たちは無意識の領域に押し込めて、あたかもそんな渇望はなかったかのようにして生きていくようになる。この渇望を、あるいはその背後にある欠落・欠如を、つねに意識しながら生きていくことなど、私たち人間にとって、とうてい不可能だからである。大人になるとは、分別を持つとは、この渇望を、またその原因である欠如・欠落を、忘れ去るということにほかならない。さもなければ、私たちは一人前の大人として、分別のある主体として、生きることができない。『失われた時を求めて』の冒頭に置かれた「就寝のドラマ」は、この渇望に、そしてその根底にある欠落・欠如の苦悩に、少年の「私」がついに打ち克つことができず、そのために、この渇望と苦悩を生涯にわたって引きずって生きることになる運命を予告するものである。

コンブレーでは、毎日、夕暮れになると、母や祖母から離れてベッドに入ったまま眠られずにいなくてはならない時間にはまだずいぶん間があるのに、その寝室のことがどうにも気にかかって、ほかのことは何ひとつ考えられなくなってしまうのだった。(I-9)

母からお休みのキスも受けられないまま、早々に寝室に追いやられた「私」が、ひとり暗い部屋のなかで思い浮かべるのは、食堂に残っている母の姿である。しかし、このとき「私」が思い浮かべている母は、「私」がそばにいるときの母、いつもの母ではない。それは、そばにいないことによって、いつもよりいっそういとおしく、また近づくことを禁じられていることによって、離れていることがいっそうつらく思われる母である。それぱかりではない。「私」の心には、母に対する猜疑や嫉妬の思いさえ生まれてくる。母は「私」のいないところで「私」の知らない楽しみをこっそり味わっているのではないか。そう思うと、今母が味わっているはずのアイスクリームまでが「意地悪な、死ぬほど悲しい快楽をひそませているように思われる」。こうした疑いは、ひとたび生まれるといくら打ち消してもむだで、打ち消そうとすればするほど、さらに大きく、おそろしいものになっていく。母は、「私」の見慣れているいつもの食堂にいるのではなく、「私」の近づくことのできない妖しい魅力をたたえた世界に連れ去られているのだ。「私」はもはや、母と離れていることに一瞬たりとも耐えられない。

こうした「私」の渇望と苦悩は、たしかに母から離れていること、母に近づけないことをきっかけにして生まれたものである。だが、「私」が暗い寝室で思い描いた母の映像、「私」に渇望と苦悩を引き起こすこの映像は、じっさいには何の現実的根拠もないのであって、つぎの朝になれば、この映像は跡形もなく消え失せ、「私」のはげしい苦悩も自然に収まってしまう。母はいつものやさしい母に戻り、食堂もまた、何の変哲もない食堂として「私」を迎え入れるだろう。つまり「私」を苦しめていたあの映像は、現実の母とはまったく無関係に、「私」の想像力が生み出した映像にすぎないのだ。たしかにこのおそろしい映像を「私」の想像力が生み出したのは、母が自分のいない場所、しかも自分が会いに行くことを禁じられている場所にいることがきっかけになっている。けれども、そのように「私」にとっていわば二重に不在となった空間に、このうえもなく大きな欲望をそそる存在として、それゆえにこのうえもなく大きな不安と苦悩をかき立てる存在として、母を思い描いているのは、あくまで「私」の想像力である。つまり、このとき「私」が思い浮かべている母の映像、そして母が味わっているアイスクリームにさえひそんでいると思われる「死ぬほどに悲しい快楽」、母がそこに連れ去られていると思われた世界の底知れない妖しい魅力、それらはすべて、あらかじめ「私」の内部にひそんでいた渇望や苦悩が、母から引き離されている、母に近づけないという状況をきっかけとして蘇り、その渇望や苦悩に駆り立てられた想像力が描き出した映像にほかならないのである。

このように、「就寝のドラマ」において「私」を苛む渇望、はげしい苦悩は、もともと「私」が潜在的に抱いている感情にほかならず、それが母に近づけない、母から引き離されているという状況がきっかけになって、意識に蘇ったのである。しかもそれは、「私」という特別な人間の特異な感情といったものではなく、私たちの誰しもが抱いている普遍的な感情なのであって、その感情は私たち人間のうちから完全に消え去ることはけっしてありえないのだ。

私がさっきまで感じていた苦悩、そんなものをスワンは〔……〕ずいぶんばかにしただろう、とそのときの私は考えていた。ところが逆に、後年知ったことだが、それに似た苦悩がスワンの生活の長年の苦しみの種だったのであり、おそらくは彼ほどよく私の気持を理解することができたひとはいなかったのだ。彼の場合は、自分がいない、自分が会いに行けない、そんな快楽の場所に、愛するひとがいるのを感じるという苦悩であって、それを切実に感じさせるようになったのは恋なのであった。この苦悩は、恋に結びつけられるように、いわばあらかじめ定められているのであり、やがては恋がその苦悩を独占し、それを特殊化することになる。しかし、私の場合のように、恋がまだ実生活のなかに現われる以前に、その苦悩が心のなかに入ってきたときは、その苦悩は恋が現われるのを待ちながら、漠然と、勝手気ままに、定まった相手をもたず、ある日はある感情に、翌日は他の感情に、あるときは子としての感情に、またあるときは友だちへの友情に手を貸して、そのあいだをさまようのである。（I-30）

このようなはげしい渇望や苦悩は、第三者から見れば、まったくこっけいでしかない。私たちが通常そうであるところの自己、みずからの主体性を信じて疑わず、それに安住している自己からすれば、自分の命や生活が脅かされているわけでもなく、夜のあいだだけ母親から引き離されるにすぎないのに、これほどはげしい渇望や苦悩を覚えるというのは、まったく不可解である。「私」自身、そのことを十分理解しているし、この渇望や苦悩そのものも、明日の朝になれば、すっかり消えてしまうことを知っている。しかしそんな分別を働かせても何の助けにもならず、今の「私」にはこの苦悩と渇望をどうすることもできないのだ。

じきに母が寝にあがってくる。そうしたら、私は部屋から出て母のまえに立つ。母は、私がもう一度廊下でおやすみを言うためにずっと起きていたことを察するだろう。そうなったら、私はもう家には置いてもらえない。明日にも学校の寄宿舎に入れられるだろう。それは確実だった。それでもいい！　たとえ五分後に窓から身を投げなくてはならないとしても、まだそのほうが私にはよかった。今、私が欲しいのはママだった、ママにおやすみを言うことだった。（I-33）

ところで、「私」を深く愛する母や祖母は、「私」がどれほど苦しんでいるか、よく知っていたが、「私」の将来を考えれば、「私」がそれに耐えること、それに打ち克つことが必要であることもまた、よく分かっていた。

父が私を寝室に追いやるとき、ずいぶんきびしいと私は思ったが、その父の厳格さも母や祖母の厳格さにくらべると、おそらくはそう呼ぶに値しないものでさえあったかもしれない。なぜなら父の性質は、いくつかの点で、母や祖母の性質以上に、私の性質からかけ離れていたので、毎晩私がどんなに不幸な思いをしていたか、母や祖母がよく知っていたことを、たぶんこのときまで察したことはなかっただろうから。だが母や祖母は私を深く愛していたので、私を苦しまないようにしてやろうとはせず、逆に、私の神経過敏をなくし、私の意志を強くするために、その苦しみに打ち克つことを教えようとしていたのだ。（I-37）

それゆえに、「私」のあまりに大きな悲しみに決心が揺らいで、母が「私」に譲歩してしまったこの晩は、母にとっても、また「私」にとっても、「悲しい日づけ」として残ったのである。

こうしてはじめて、私の悲しみは、もはや罰すべき過ちではなく、一種の無意志的な病気と考えられたのであり、みんなはそんな私の病気を、私には責任がない神経症状として、今この場ではっきり認めたのである。（I-37）

もちろん、「私」のように、こうした渇望や苦悩に耐えきれない子どもはあくまで例外であって、たいていの子どもは、遅かれ早かれ、それに打ち克っていく、というよりも、そうした渇望や苦悩をほとんど意識しなくなる。しかし、そうなることは、一人前の社会人として生きていくうえでは必要なことではあっても、逆にそれは、私たちが真の人間の条件をすっかり忘れ去ることを意味する。というのも、この渇望と苦悩は、私たちの自己がみずからの根拠・根源を否定し、そこから離脱してしまったことから生まれたものであって、それゆえ「私」のように、この渇望と苦悩に打ち克つことができず、それに苛まれ続けることこそが、私たちがみずからの生と存在の根拠・根源を想起し、そこに立ち戻るための唯一の手がかりとなるからである。

私たちが通常そうであるところの自己、主体としての自己は、多くの場合、みずからが抱え込んでいるこうした渇望と苦悩を無意識の領域に閉じ込めて忘れ去り、あたかもそんな渇望や苦悩はもともととなかったかのようにして生きていくだろう。しかし「私」のように、この渇望と苦悩に打ち克つことができない場合には、その渇望を満たし、苦悩を癒してくれる対象を自分の外部に思い描き、そうした対象を追い求め続けることを運命づけられる。もちろん、そうした対象は私たちのうちにひそんでいる渇望と苦悩が私たちの想像力に思い描かせたものにすぎず、いくらそうした対象を追求したところで、さらにはその対象に到達し、それを所有したところで、というよりも、まさにその対象に到達し、それを所有することによって、つまりはその対象が現実のものとなることによって、その追求は失望と幻滅に終わるだろう。しかし、そうした失望と幻滅を繰り返すことを通じて、そのような対象はこの世には存在しえないということを徹底して認識することが、人間の真実を知るうえでの必要条件なのである。

Ⅲ 「ふたつの方」

「就寝のドラマ」の回想のあとに、プチット・マドレーヌと一杯の紅茶によって蘇ったコンブレーがいかに瑞々しい光に包まれていようとも、それはのちの回想のなかでそのようなものとして蘇るのであって、じっさいにそのなかに生きる少年の「私」には、むしろ何の魅力もない平凡な田舎町にすぎず、「私」が滞在する大叔母の家にも、町の通りにも、いかなる神秘もひそんではいない。しかし「私」は、神秘の世界の存在を信じており、つねにそうした世界を夢想している。そして「私」が夢想するそうした神秘の世界にくらべて、「私」自身はあまりにちっぽけな存在に思われるので、「私は、自分自身以上に真実と思われるものに対してしか、知りたいという好奇心も渇望も覚えなかった」(I-377)。むろん、「自分自身以上に真実と思われるもの」とは、「私」のささやかな生活や「私」を取り巻く卑近にして平凡な現実のなかには存在するはずはない。「それは、私が住んでいる世界よりももっと現実的な世界に属する真理なのであり、いったんそれをわがものにすることができたなら、無意味な日頃の生活に付随するどんな俗事によっても、たとえ肉体的な苦痛が引き起こされても、私から奪い去ることができないもの」(I-434)なのである。かくして、「私」を取り巻く現実の彼方にあると信じられるこの世界、「私が住んでいる世界よりももっと現実的な世界」を知り、その世界が含んでいる真理を獲得することこそ、人生の唯一の目的であるように「私」には思われる。

「私」をこうした夢想に誘うのは、たとえば読書である。少年の「私」にとって、読書とは単なる楽しみや気晴らしの手段ではない。「私」はつねに、「自分の読んでいる本の哲学的な豊かさ、その本の美しさに対する確信」と「その哲学的な豊かさ、その美しさをわがものにしようとする欲望」をもって、本に向かう。このように、本のなかには「当時の私になかば予感され、なかば理解できなかった真実と美の秘密」がひそんでいるように思われたのであり、「その秘密を知ることが、私の思考の目的、漠然としてはいるが、永遠の目的だったのである」(I-83)。そんな思いで本を読むとき、本に描かれたあらゆるもの、物語の背景でしかない風景でさえ、「私」の周囲の現実には求めることのできない深い真理を宿しているように思われる。

〔……〕本のなかの風景は――私がいるコンブレーの土地、そしてとりわけ私たちの庭、祖母に軽蔑された庭師のあまりにきちんとしすぎた空想の所産であるゆかしさのない庭、そうしたものから私が得られなかった印象である本のなかの風景は――研究され、深められなくてはならない「自然」そのものの真の一部分であるように私には思われるのであった。

ある本を読んでいるとき、その本に描かれている地方を訪れることを両親が許してくれたなら、私は真理を勝ち取ることに向かって貴重な一歩を踏み出すように思ったことだろう。(I-85)

だが、そうした真実や美の世界に対する夢想は、まず「ふたつの方」の神話という形をとって、「私」の精神を支配することになる。

コンブレーの郊外には、散歩に出るのにふたつの「方」(côté)があった。そのひとつはメゼグリーズの方であり、スワン氏の所有地のまえを通るので、「スワン家の方」とも呼ばれた。もうひとつはゲルマントの方である。ところで「私」は、メゼグリーズにもゲルマントにもじっさいに行ったことはなく、メゼグリーズについてはただそういう「方」があるということしか知らなかったし、ゲルマントについても同様で、「ゲルマントは、ゲルマントの方角のみを表わす現実的というよりも観念的な終着点としてしか、私の意識には現われてこなかった」。つまりこのふたつの「方」について、「私」はその途中までのわずかな道のりを知っていただけであって、その行先であるメゼグリーズとゲルマントについてはほとんど知ることがなかったため、このふたつの「方」は、「どこまで行っても視野から逃れ去る地平線のように近づけない何ものかであるように思われ」、そうした未知性が「私」の心を引きつけ、「私」をさまざまな夢想に誘うのであった。

しかし、とりわけ「私」を魅了してやまなかったのは、このふたつの方が互いに際立った対照を示しており、まったく異なったふたつの世界のように思われたことである。そう思われた理由のひとつは、「私」たちが散歩に出かけるとき、「ふたつの方角はまるで反対なので、ふたつの方に行くのに、同じ門から出ることがなかった」ことであろう。この習慣によって、「私」には、ふたつの方が互いにけっして交わることなく、まったく逆の方向に無限に続いているように思われたのであり、それゆえ「メゼグリーズに行くのに〈ゲルマントまわりで行く〉とか、またその逆をするなどということは、西に行くのに東まわりの道を取るというのと同じくらい無意味な言い方だと私には思われたことだろう」。そのうえ「私」たちは、「同じ日の同じ散歩に、ふたつの方の両方に出かけたことはけっしてなかった」ので、「そんな私たちの習慣が、ふたつの方を互いに遠く引き離し、互いに不可知の状態に置き、別々の午後という、双方のあいだに流通のない、封じられた壺と壺のなかに、いわば閉じ込めて」しまったのである。こうして「私」は、「ふたつの方を隔てている間隔に、キロメートルで測られる距離以上のもの、ふたつの方を考える私の頭脳のなかのふたつのあいだにある距離、ふたつを単に隔てるだけでなく、引き離して別の面に置くあの精神内部の距離を設ける」(I-133)ことになる。

このように、ふたつの方のあいだに無限の距離があり、しかもそのふたつが絶対的な境界によって隔てられているとすれば、「私」にとって、このふたつの方がそれぞれにまったく異なる世界であり、そのあいだには絶対的な差異が存在するように感じられたとしても、不思議はあるまい。かくして、このふたつの方はそれぞれに絶対的な差異、絶対的な独自性を持つふたつの「実体」(entité) であるように思われたのである。

父は、メゼグリーズの方を自分が知ったもっとも美しい平野の眺めだと言い、ゲルマントの方を川の風景の典型だと言うのがつねであったから、私はそれらをそのままふたつの実体と考えるようになって、私たちの精神だけが創造することのできるあの結合、あの統一をそれらに与えていた。(I-133)

だがこのように、ふたつの方の「実体」の持つ相互の独自性、差異というものが絶対的なものであるとすれば、その独自性や差異は、「私」を取り巻く現実に対しても絶対的であるはずである。つまり、ふたつの方のあいだに存在する絶対的な境界、絶対的な差異は、そのまま、ふたつの方をそれ以外の現実から隔てる絶対的な境界、絶対的な差異ともなるだろう。またそうであるとすれば、ふたつの方は、それ以外の現実とはまったく異なる現実、他のいかなる現実にも解消されない独自性を持つ世界であるということになる。ところで、「私」が夢想し、求めてやまなかったのは、まさしくそのような世界ではなかったか。「私」がわがものとしようと望んでいる真理の存在する世界とは、何よりもまず、「私」が住んでいる世界とはまったく異なる世界でなければならなかったはずである。こうして「私」は、ふたつの方に「私自身以上に真実であると思われるもの」が存在すると信じるようになり、かくしてふたつの方は、それ以外の土地に対して「特殊な優越性」を持つ「神聖な土地」となる。

ふたつの方については、そのどちらのわずかな部分も私には貴重なものに見え、それぞれに特殊な優越性を示しているように思われたが、いっぽう、そんなふたつの神聖な土地にくらべて、そのいずれかの土地に達するまでの純然たる物質的な道――それらの道にかこまれたまんなかに、それぞれ平野の眺めの理想、川の風景の理想としての神聖な土地があるのだが――それらの道は、たとえば演劇に心酔した観客が劇場のまわりの小さな街路を眺めるほどの問題にも値しないのであった。(I-133)

こうして「ふたつの方」の神話が誕生する。むろんこの神話は、物語の最後で「私」に明かされるように、あくまで実体を欠いた神話でしかない。しかし「私」はこの神話を信じたのであり、そして信じるかぎり、それは現実として「私」の精神に作用を及ぼすことになる。たとえば、メゼグリーズとゲルマントのふたつの方に結びつくあらゆる人物や事物、あらゆる印象や夢想のなかに、「私」が深い真実性と現実性、ある独特の魅力を見出すようになるのは、ふたつの方に対する信仰ゆえなのである。

しかしとりわけ、メゼグリーズの方とゲルマントの方のことは、私の精神の土壌の深い地層、私が今なお寄りかかっている堅固な地盤のように思われてならない。それは、このふたつの方を歩き回っているあいだ、私がそこにあった物やひとを信じていたからであり、ふたつの方によって私が知るようになった物やひとは、今でも私が真剣に受け止め、今でも私に喜びを与える唯一のものだからである。(I-182)

具体的に言えば、「私」はまず、メゼグリーズの方への散歩で、愛をめぐるいくつかの体験をする――タンソンヴィルでのジルベルトとの最初の出会い、ルーサンヴィルの森のなかでの見知らぬ農家の娘たちへの情欲の高まり、モンジューヴァンでのヴァントゥイユ嬢の同性愛シーンの目撃。これらの体験は、のちのジルベルトやアルベルチーヌへの愛に密接につながり、彼女たちへの愛のあり方に大きな影響を及ぼすだろう。いっぽう、ゲルマントの方への散歩では、「私」は絶えずゲルマントの城主であるゲルマント公爵夫人のことを夢想するが、その夢想は「太陽に照らされたあの〈ゲルマントの方〉の全体を、ヴィヴォーヌ川の流れを、その睡蓮と背の高い木々を、そしておびただしい晴天の午後を、残らず含み」ながら、「私」に「ゲルマント公爵夫人の友だちになり、ヴィヴォーヌ川で虹鱒を釣り、舟遊びをする楽しみ」を思い描かせる。ゲルマントの方への散歩でのこうした夢想が、ゲルマント一族とフォーブール・サン・ジェルマンの貴族社交界へのあこがれと信仰を生み出すとともに、そのあこがれや信仰を長いあいだ支え続けることになる。このように、コンブレーの時代以降、「私」の生涯にわたるほとんどすべての体験は、見えない無数の糸で、このふたつの方につながっているのだ。

〔……〕メゼグリーズの方にしても、ゲルマントの方にしても、異なったさまざまな印象を、同時に私に植え付けてしまったばかりに、それらの印象のひとつひとつを永久に分解できないほどに私のなかで一体化してしまったので、将来にわたって、このふたつの方は、多くの幻滅や多くの過ちにさえ、私をさらすことになるのだった。(I-183)

以上のように、メゼグリーズとゲルマントのふたつの方は、「私」の住む世界とはまったく異なる世界、「私」が夢想する真理や美を秘めた世界が実在するという信仰を「私」に与えることによって、「私」を果てしない探求の旅に立たせたのである。ふたつの方の神話への信仰が消えないかぎり、「私」は自分の深い渇望が満たされる理想の世界の実在を信じ、そうした世界を追い求めることをやめないだろう。

コンブレーの時代、メゼグリーズとゲルマントのふたつの方がいかに「私」を魅了しようとも、「私」はいつまでもその小さな世界にとどまっていることはできない。少年の「私」にとって、人生はさらに多くのものを約束しているように思われるのであって、ふたつの方が「私」に垣間見せたのは、そうした多くの約束のなかのほんの一部にしかすぎないとさえ思われる。「私」は、ふたつの方のさらに彼方に、ふたつの方以上の理想の王国をつぎつぎに夢見る。そしてそんな理想の王国は、さまざまな土地の名を借りて、「私」の夢想を訪れることになる。

たとえば、鉄道時刻表に並んでいる駅名を読む。するとその名は、たちまちに美しく個性的な町の映像を現出させる――「赤みを帯びた高貴なレースをまとって、あんなに背が高く、その建物の頂きが最後のシラブルの古い黄金に照らされているバイユー（Bayeux）、アクサンテギュが黒木の枠で錆びたガラス戸を菱形に仕切っているヴィトレ（Vitré）、黄色い卵殻色からパール・グレーにおよんでいる一帯の白色のなかの柔らかなランバル（Lamballe）、その脂っこい、黄ばんだ、端の二重母音がバターの塔を戴冠させているノルマンディの大聖堂のクータンス（Coutance）」（I-381, 382）……。そしてそれらの町は、「そのひとつひとつが未知なもの、本質的に他とは異なったもの、私の魂が渇望しているもの、私の魂がぜひとも知るべきもの」を含んでいるように思われるのであった。

このように、さまざまな土地の名が「私」に未知の美しい世界を思い描かせるが、なかでもフィレンツェ、ヴェニス、それにバルベックの名は、その色とりどりの映像によって「私」の夢想を独占し、長いあいだにわたって旅への欲望をかきたて続けることになる。フィレンツェの名は、「私」に「不思議な芳香が漂う街、花冠に似た町」を思い描かせる。「なぜならフィレンツェは、百合の花の都と呼ばれていたし、その大聖堂は〈花の聖母マリア〉と呼ばれていたから」である。またヴェニスといえば、「春の太陽が〈大運河〉の波を濃紺と高貴なエメラルド色に染め、その波はティツィアーノの絵のすそに寄せては砕け、その絵と妍《けん》を競っている」、そんな情景を思い浮かべるのであったが、それは、ヴェニスが「ジョルジョーネ派、ティツィアーノ派の本拠、中世における住宅建築の完璧な美術館である」という記述をガイドブックに見つけたからである。さらにバルベックの名は、「時化の海の飛び散る泡沫に包まれた〔……〕ペルシア式教会」の映像を呼び起こすのであったが、そうした映像は、バルベックが「一年のうち六カ月は霧の経帷子と怒涛の飛沫に包まれている、難破船の多いことでも知られた不吉な海岸」のすぐ近くの海浜の名であるというルグランダンの言葉、さらに「バルベックの教会、あれは十二、三世紀のまだなかばロマネスクの様式ですが、おそらくゴチック・ノルマン建築のもっともめずらしい見本でしょうね、じつに特異なものです、まるでペルシア芸術ですよ」というスワンの言葉から生まれたものであった。

だが、フィレンツェやヴェニス、バルベックの名のもとに「私」が思い浮かべるそうした映像は、むろん、これらの町の客観的映像ではありえない。たとえば、こうした映像は、どうしても単純化に陥ることをまぬがれない。つまり、「土地の名には大して包容力があるわけではなく、私はそのなかにせいぜい町のおもだった二、三の〈名所〉を入れることができたにすぎない」（I-382）のだ。バルベックの名のなかには、ただペルシア様式の教会とそのまわりに立ち騒ぐ波が見えるだけだったし、フィレンツェの場合は、「常々ジョットーの真髄と思い込んでいたものを、やむなく春の匂いで受胎させて、超自然的なひとつの町を生み出さなくてはならなかった」（I-382）のである。バルベックやフィレンツェの町が、こうした二、三の際立った要素以外の「多くの町を通常構成している諸要素」を含んでいるだろうことは、とうぜん「私」にも予想できたはずである。ところが「私」の想像力は、無意識のうちにも、それらの現実的要素を排除するように働く。逆に言えば、「私」の想像力は「私」の暗黙の願望、すなわちそれらの町がそれまで「私」が見知っている現実の町とはまったく異なった町、「超自然的な都市」であってほしいという願望にしたがって、その願望と合致する映像だけを拡大して描き出すのである。それゆえ、それらの名のもとに「私」が思い描く町や風景が、「そのひとつひとつが未知なもの、本質的に他とは異なったもの、私の魂が渇望しているもの、私の魂がぜひとも知るべきもの」のように思われるのは、むしろとうぜんなのだ。こうした映像とは、「私」の欲望が作り出した映像、つまりは「私」の欲望そのものの映像にほかならないのである。

　ところでこのように、「私」の想像力がある土地の名のもとに自分の欲望に合致した映像を描きうるのは、ほかでもなく、その名が指し示す対象を「私」が現実としてまったく知らないからである。その対象がまったく未知であり、現実的要素をまったく含まないからこそ、名は「私」の想像力に無限の自由を与え、どんな理想的な映像でも自在に思い描かせる。したがってまた、そうした映像は、ただ「私」の想像力のなかにあるだけであり、その映像を抱き続けることができるのは、その現実の対象が未知のあいだだけのことにすぎず、現実の対象に直接触れてしまえば、対象の未知性とともに、その映像もたちまち消え失せる。しかもそれは、「私」の想像力が思い描いた映像にくらべて、じっさいに見た対象がどれほど美しくなかったかというような程度の問題などではない。思い描いていた対象が現実のものになってしまったという、まさにそのことによって、「私」は失望せざるをえないのである。なぜなら、「私」の想像力が描き出した映像とは、現実ではけっして満たされることのありえない「私」自身の根源的な渇望そのものの映像なのだ。

にもかかわらず、「私はそれらの映像が、私から独立したある現実に対応していると信じることをやめなかったし、またそれらの映像も、まさに天国に入ろうとする初期キリスト教徒の胸にはぐくまれたのと同じような美しい希望を私に抱かせ」(I-384) 続けるのだった。「私」は、「感覚器官によってではなく、夢想によって作り上げられたもの――それだけますます感覚器官にとっては魅力的であり、また感覚器官が知っているものとは異なるもの――そうしたものを感覚器官で眺め触れようとすることの矛盾」(I-384) に少しも気づかなかったのである。このように「私」は、さまざまな名によって喚起された映像を、自分自身の想像力が恣意的に作り出したものではなく、現実の対象の客観的映像であると固く信じて疑わないのであるが、そうした「私」の確信を支えているのは、「私」の〈名〉に対する信仰、すなわち名はそれが指し示す現実と必然的な関係によって結びつけられており、したがって、とうぜん名はその現実の本質を内在させているはずであるという信仰にほかならない。この信仰によって「私」は、ある名のもとに「私」の想像力が描き出した映像を、その名に内在している対象の本質によって喚起されたもの、つまりは対象そのものの客観的映像以外の何ものでもありえないと信じることができたのである。

こうして、さまざまな名のもとに「私」の想像力が描き出した映像は、いわば客観性を獲得し、その名に内在することになる。いまやそれらの映像は、その名と分かちがたく結びついてしまい、名はそれらの映像を永久に吸収してしまったのだ。したがって、それらの映像、「それらの夢を再生させるのに、私はただその地名を発音するだけでよかった、バルベック、ヴェニス、フィレンツェ、と。その名で示された土地が私に吹き込んだ欲望は、ついにその名の内部に入って、そこに蓄積されてしまったからである」(I-380)。するとますます、それらの映像は、その地名そのもののなかから生まれてきたもの、地名のなかに含まれた対象の土地そのものの魂から吹き込まれたもののように思われてくる。このように「私」は、名に対する信仰によって、自分の「欲望の国々」の実在を信じるばかりか、信じることによって、そうした欲望の国々を、文字通り、生きたのである。

リアリズムの単純な見地に立って考えても、私たちの欲望の国々は、私たちがじっさいにいる国よりもずっと広い場所を、いつでも私たちの実生活のなかで占めている。たしかに、「フィレンツェに、パルマに、ピサに、ヴェニスに行く」と言った言葉を口にしたときに、私自身が自分の思考のなかにあるものにもっと注意していたら、私の目に見えているものはけっして単なるひとつの町ではなく、私が知っているどんなものからもかけ離れた、何かひじょうに素晴らしいものであって、それはたとえば、つねに冬の夕暮れのなかで日々を送っている人びとにとってはうららかな春の朝がそう思われるにちがいないような、見も知らぬ不思議な世界であることに私は気づいたことだろう。そうした非現実的な、固定した、いつも似たり寄ったりの映像は、私の昼夜を満たし、私の当時の生活を、それに先立つ時期から引き離してしまったのである。（I-383）

それから何年かして、ようやくバルベックに行ったとき、それがはじめての旅であったために、「私」はいっそう大きな旅の失望を味わうことになる。もちろん、「私」のバルベック行きの最大の楽しみは、時化の海に飛び散る泡沫に包まれたあのペルシア様式の教会をこの目でじっさいに見ることであった。長い汽車旅のあと、バルベックの駅に着いた「私」は、教会と海を見るために、駅を出るとさっそく通りがかりのひとに荒磯の所在をたずねる。だが相手には、「私」の言うことがいっこうに通じない。「私」が今いるところは、海浜でも港でもなかったのである。たしかに教会は目の前にあった。しかし海のほうは、五里以上も離れたところにあるという。

〔……〕この教会の丸屋根と並んだ鐘塔は、突風が巻き起こり、鳥が渦を巻いて飛んでいるノルマンディの荒々しい断崖そのものである、と書いたものを読んでいたから、その鐘塔の裾は逆巻く最後の泡沫に濡れているだろうといつも想像したものだが、今見る教会は、軽便鉄道の二本の小車輌線の分岐点にあたる広場にそびえ立っていて、その向かいにカフェがあり、そこには金文字で「ビリヤード」という看板が懸けられていた。(II-19)

こうして教会は、その周囲のすべてのもの、カフェや通行人や駅などと一体になって、「この午後の終わりの偶発事、一産物にすぎないように思われ」、「私」の想像力が築き上げてきた映像、「これまで私が普遍的実在性と神聖で犯しがたい美とを持つものとして崇めてきた」映像は、瞬時にして平板な現実のなかに消えてしまったのである。だが、バルベックでの旅の失望は、たまたま生じたという性質のものではけっしてない。仮にこれがフィレンツェやヴェニスであったとしても、「私」は同じように失望するほかなかっただろう。この失望は、現実ではけっして満たされない欲望の対象を現実のなかに追い求めたことの必然的結果なのであって、このような矛盾した願望をあたかも実現可能なもののように「私」に思い込ませたのは、〈名〉の魔術にほかならない。

こうした〈名〉の魔術は、土地の名についてばかりでなく、人の名についても見られる。コンブレーの時代、ゲルマントの名は、「私」にとって、尽きない夢想の対象であった。そしてこの名は「私」に、現実のゲルマント公爵夫人のかわりに、「手に触れることがまったくできない人物」、「メロヴィング王朝時代の神秘に包まれ、ゲルマントのあの〈アント〉(antes)というシラブルから出てくるオレンジ色の光を浴びて、さながら夕日のなかに浸っているように思われる人物」(I-169)を描き出す。

「私」はそのように、ゲルマント夫人を「生きている他の人間とは異なる世紀のなかに、異なる素材でできているもののように思い描いていた」ことに何の不思議も覚えず、それを現実のゲルマント夫人そのものであると思い込み、そんな妖精のような夫人を一目見たいと思い続けるが、その願いはほどなく、夫人がある結婚式に出席するためにコンブレーの教会にやって来たときにかなえられる。だが現実のゲルマント夫人の姿を目の前にしたとき、「私」の期待はたちまち裏切られる――「これなのだ、こんなものでしかなかったのだ、ゲルマント夫人というのは！」。

〔……〕この映像は、ゲルマント夫人という同じ名で、何度となく私の夢想に現われたあの映像とは、もちろん何の関係もなかった。なぜなら、目の前にあるこの映像は、ほかの映像のように私が勝手に作り上げたものではなく、ほんのしばらくまえに、この教会で、はじめて私の目に飛び込んできたのだから。この映像は、もうひとつの映像と同じ性質を持ったものではなく、あるシラブルのオレンジ色が染み込んでいるその映像のように、思うままに色を付けることができるものではなく、鼻のすみに赤くなっている小さな吹き出物にいたるまで、生の法則に従属していることを証明しているのだった。（I-173）

この失望もまた、バルベック到着直後の失望とまったく同じく、とうぜんの結果なのである。「私」が思い描いていたゲルマント夫人もまた、「私」の欲望が生み出した映像であって、現実にはけっして存在しえないものだからである。ゲルマント夫人が現実の存在であるかぎり、つまりは「生の法則」に従属しているかぎり、夫人は「私」を失望させることになる。「私」がゲルマントの名のもとに思い描いていた夫人は、もっぱら「私」の夢想のなかにだけ存在し、「私」の欲望だけを糧にして生き続けるひとりの妖精にすぎなかったのだ。

けれども妖精は、名につながる実在の人物に私たちが近づくと、精彩を失う。それというのも、そのとき、名がその人物を反映しはじめるからであり、その人物が妖精的なものを何も含まなくなるからである。妖精は、私たちがその人物から遠ざかると、ふたたび蘇る。しかし私たちがその人物のそばにとどまるかぎりは、妖精はそれっきり死んでしまい、それとともに名も死ぬ〔……〕。そうなると、つぎつぎに塗りなおされる色彩とともに、それまでに見たこともなかったような未知の女の美しい肖像を、ついに原画で見せてくれるといった力を持っているように思われた〈名〉も、もはや単に通りすがりの人物に見覚えがあるかどうか、また挨拶すべきかどうか知るために、参考として使う証明用の顔写真にすぎなくなる。(II-311)

こうして、その名のもとに自分の根源的な渇望を満たしてくれるはずの未知の存在として思い描いていた土地に行ったり、人物に会ったりして、それらがこれまで「私」が知っていた土地や人物と少しも変わるところはなく、「私」が思い描いていたそれらの映像は、ただ「私」の欲望によって生み出された映像、「私」の夢想のなかにしか存在しない映像にすぎないことを知っていく過程を通じて、しだいに「私」は〈名〉に対する信仰を失っていくのであり、それとともに、ただその名を知っているだけの遠い未知の土地や、近づくことのできない未知の女性のなかに、自分の欲望を注ぎ込み、そうした欲望の世界に生きていたひとつの時代、いわば「名の時代」は終わりを告げる。

V　恋愛

コンブレーの時代からバルベックに行って「土地の名」への信仰を失うまでの歳月を「名の時代」と呼ぶことができるとしても、この時代をすべて〈名〉に対する信仰によって語り尽くすことはできない。この時代はまた、〈愛〉に対する信仰の時代でもあった。

土地の名への信仰と愛への信仰は、多くの点で共通しているが、それは、未知の土地へのあこがれも恋愛のあこがれも、もともとはまったく同一の欲望、「私」のもっとも根源的な渇望から生まれたものだからである。

〔……〕私が当時一番訪ねたかった場所を、愛する女性のまわりにいつも思い描いたり、そこに私を連れて行って、未知の世界の扉を開けてくれるのも、その女性であってほしいと思ったりしたのは、単なる連想の偶然のせいではなかった。そうではなく、私の旅行の夢、恋愛の夢は、私の生命が全精力を傾け、一体となってほとばしる、その抑えがたいほとばしりの一瞬一瞬の姿にほかならなかったのだ。（I-86）

このように、恋愛の夢もまた、未知の土地へのあこがれと同様に、「私」の根源的な欲望を満たしてくれるはずの、未知の世界へのあこがれが取りうるひとつの形態にほかならない。やがてこのふたつのあこがれは、先に見たように、「ふたつの方」の神話体験を通じて、その対象の客観的実在性の確信を与えられ、それぞれひとつの信仰へと変わっていくのであるが、未知の土地への信仰が、フィレンツェやヴェニス、バルベックの名のもとに結晶して、それらの土地への旅行の夢をかきたてたのと同じく、恋愛への信仰は、ジルベルトというひとりの少女にその対象を見出すことになる。

要するに、土地の名への信仰も愛の信仰も、この時代の「私」の精神のあり方からおのずから生まれたものであって、そのようにして生まれたジルベルトへの愛が、多くの点において、すでに見た土地の名への信仰と一致しているのはむしろ当然なのである。この共通性を如実に示しているのは、じっさいにジルベルトに出会うまえに、すでに「私はすっかり彼女を愛する態勢に入っていた」という事実であろう。つまり「私」のジルベルトへの愛もまた、つぎに見るように、まずはジルベルトの名に対する愛だったのである。

コンブレーの時代、友人のブロックから奨められてベルゴットの作品を読み、「私」はたちまちにして彼の讃美者になるが、いっぽう、ジルベルトについては、ひじょうにきれいな少女だというわさを聞いており、「しばしば彼女を夢見ては、そのたびにいつも同じような、自分勝手なかわいい顔を彼女にあてはめてみたり」していた。そんなある日、ジルベルトの父であるスワン氏が「私」の家を訪れ、たまたま「私」がベルゴットの本を読んでいるのを見かけ、自分はベルゴットをよく知っていると言い、さらにつぎのように付け加えた——「あなたがご希望のものは、何でも私からベルゴットに頼めますよ、一年のうちで私の家で晩餐をとらない週はないのですから。私の娘とは大の仲良しです。いっしょによく見物に行きますよ、古い町とか、大聖堂とか、お城とかを」(I-98)。この言葉は「私」がそれまで抱いていたジルベルトの映像に啓示のように作用した。

いまや彼女のことを思うとき、私がほとんどいつも目に浮かべるのは、どこかの大聖堂の正面入口のまえで、彫像が表わす意味を私に説明しながら、私を褒めるような微笑を浮かべつつ、私を自分の友だちとしてベルゴットに紹介する、そんな彼女の姿であった。そのようにして、大聖堂が生み出すあらゆる思考の魅力、イル＝ド＝フランスの丘とノルマンディの平野の魅力が、私の描くスワン嬢の映像のうえに、つねにその美しい反映を漂わせるのだった。つまり私はすっかり彼女を愛する態勢に入っていたのである。あるひとが未知の生活を送っており、私たちはそのひとに愛されることによってはじめてその未知の生活に入ることができるのだと信じること、それこそ、愛が生まれるのに必要なあらゆる条件のなかでも、もっとも重要な条件であって、この条件さえあれば、それ以外の条件はどうでもよくなってしまうのである。(I-99)

このように、ジルベルトへの愛が生まれていく経緯は、ある土地の名への信仰が生まれていく経緯とほぼ同じである。しかし土地の名への信仰は、現実の土地に行けば、必然的に消え去ることになるが、愛の信仰の場合は、その現実の対象をまえにしても、かならずしも消え去らない。この違いこそ、土地の名が一時代の情熱で終わるのに対して、愛が「私」を長いあいだ支配し続けることになる最大の理由なのである。

ジルベルトを愛する態勢にすっかり入ってしまった「私」は、それからじきに彼女に出会うことになるが、この出会いはバルベックを最初に訪れたときのような幻滅を「私」にもたらしはしない。けれどもそれは、彼女が「私」の想像していた通りに美しかったというようなことではない。そもそも、彼女の外貌や容姿は、「私」の夢想のなかにはほとんど入っていなかったのである。土地の名への信仰においては、その土地の外観の美しさが最終目的であり、したがってその土地にじっさいに行き、そこに「私」が想像していた美を見出せない場合、「私」はその信仰を断念するほかなかったわけだが、いっぽう、「私」がジルベルトに求めているもの、すなわち彼女への愛の最終目的は、彼女の外貌や容姿ではなく、その外貌や容姿の背後にある彼女の心、そしてその心のなかに存在すると思われる彼女の未知の生活、未知の世界なのである。愛するひとの外貌、とりわけその表情が重要な意味を持つとしても、それは外貌や表情というものが愛するひとの内面の反映であると考えられるからである。ところが、人間の外貌や表情は、かならずしもその人間の内面を忠実に映し出しはしないのであって、むしろそれは、往々にして内面を覆い隠す障壁となる。そして最初の出会いにおけるジルベルトの表情こそ、まさしくその障壁の役割を果したと言えるだろう。

〔……〕彼女はずっと私のほうに流し目をくれたが、そのまなざしには特別何の表情もうかがえず、私を見ている様子もなく、ただじっとこちらのほうに視線を注いだまま、私が受けた躾についての観念からすれば、相手を侮辱し軽蔑する印としてしか解釈できないような謎を含んだ微笑を浮かべると同時に、彼女の手は無作法に振られていた。　(I-139, 140)

このように彼女の表情は、内面を覆い隠すだけでなく、その内側に入り込もうとする「私」の視線をきびしくはねつけるような障壁となっているのであるが、まさにこのような表情こそ、「私」の愛を弱めるどころか、さらにいっそう大きくする。この表情は、彼女に近づくことの絶望的な困難さを「私」に思い知らせると同時に、その得体の知れない微笑の背後に隠されている彼女の未知の世界への想像をいやがうえにもかきたてる(だが、この得体の知れない微笑が、じつは「私」を挑発する媚の微笑であったことを、はるかのちになって、彼女自身の口から聞かされる)。かくして、ジルベルトはいっそう計り知れない神秘をたたえる存在となり、「私のような類いの子供には近づくことの不可能な幸福の最初の典型」となる。

だが、こうしてひとたび愛が生まれると、その愛は、それを引き起こした原因から独立し、いわば自立性を獲得する。あるいはその因果関係が逆転するとさえ言えるだろう。いまや彼女の存在の背後にある未知の世界ゆえに彼女を愛するのではなく、彼女への愛ゆえに、その未知の世界を知りたいと願うのである。つまり、愛は「ジルベルトのなかに宿って、その光を彼女の両親、彼女の家のなかに放ちながら、他のすべてのものを私の目に無関心にしているあの不思議な実体」となるのであるが、このように愛を他との関連から独立させ、愛に「実体」を与えているのは、「私」の〈愛〉に対する信仰、すなわち純粋観念としての愛が、しかも単に観念としてではなく、実体的な存在としてこの世に存在するという信仰なのである。

〔……〕私がジルベルトを愛していたころには、私はまだ、〈愛〉がじっさいに私たちのそとに存在するものだと信じていたし、それゆえ、私たちに許されているのは、せいぜい〈愛〉に至るまでの障害物を取り除くことだけであって、〈愛〉は、私たちが何ひとつ自由に変えることのできない秩序にしたがって、その幸福を授けてくれるものだと信じていた。(I-393)

つまり「私」にとって、愛とは「私から生まれたものではない何か、現実の、新しい何か、私の精神のそとにある幸福、私の意志から独立した幸福」(I-402) なのであり、またそうでなければならない。逆に、愛が単に「私」自身の欲望が生み出したものにすぎないとすれば、それは「まったく個人的、非現実的であり、つまらない無力なもの」(I-393) のように思われたことだろう。このようにして「私」は、かつて未知の土地への夢想をその名のなかに実体化したように、愛へのあこがれをジルベルトのうちに実体化したのである。そしてこの〈愛〉はジルベルトのうちに内在する以上、その「不思議な実体が、やがて彼女から抜け出して他の人間のなかに移るだろうとは、私にはほとんど想像もできないことであった」(I-568)。

むろん、この実体、すなわち〈愛〉は、「私」の信仰のなか、すなわち「私」の精神のなかにしか存在しない。しかし、それが「私」の精神のなかにしか存在しないということこそ、愛の強みなのである。愛は現実からのあらゆる試練に耐えるだろう。やがて「私」はジルベルトの友だちになり、彼女の家への出入りも許されるようになる。こうしてじっさいに知ったジルベルトと彼女の家庭が、彼女を愛していない者の目にはいかに平凡で愚劣なものに映ろうとも、「私」にとってはその一切がこのうえもなく貴重なものに思われる。「私」は、現実から与えられる愛にとって不利になるような証拠にはいっさい盲目になるだろうし、逆にジルベルトを愛する理由となるような証拠はどんなささいなものでも見逃さないだろう。愛は、もはや周囲の状況からばかりでなく、「私」の意志からさえ独立して、それ自体の自己保存の法則にしたがって成長していくだろう。

にもかかわらず、「私」のジルベルトへの愛は、その可能的生命を生き尽すことなく消え去っていく。ジルベルトと「私」は、ある日、彼女の不機嫌が原因で感情的な行き違いを起こしてしまう。「私」はその感情のもつれを解こうとしばらく努力するが、一度もつれた感情を元に戻すには沈黙する以外にないことを覚り、もう彼女に会うまいと決心する。むろん、この別離は一時的なものと思っていたのであり、だからこそそうした決心も可能だったのだが、いつになっても和解の糸口がつかめない。そうこうするうちに、最初の頃の心が引きちぎれるばかりだった別離の悲しみもしだいに和らいでいき、それとともに、彼女から遠ざかることによって、現実から刺激を受けることがなくなった愛そのものもしだいに衰えていく。それまで魂の全領域を占めていた恋の隙間から別の感情が芽生え、フィレンツェやヴェニスへの旅のあこがれが息を吹き返す。「そのようにして新しい要素が精神に入って来て、恋の感情と争い、その感情が占めていた魂の領域をしだいに侵食していき、ついには全領域を奪い取るにいたる。私はそれこそ恋を殺す唯一の方法であることを覚るのであった」(I-621)。そしてそれこそ、忘却と言われるものの正体である。忘却とは、かならずしも対象を忘れ去ることではなく、むしろ自分自身の精神の解体と再編であり、つまりは人格の死と再生にほかならない。

こうして「私」のジルベルトに対する愛は死んでいくが、先にも述べたように、この愛はむしろ中断されたと言うべきである。それゆえ「私」が愛を、その可能的生命の最終段階まで生き尽すには、もうひとりの女性との出会いが必要であった。

「私」がアルベルチーヌに出会うのは、最初のバルベック滞在の折である。つまりそれは、ちょうど「私」が土地の名への信仰を失った時期、すなわち「名の時代」の終わりと一致している。ところで先に見たように、ジルベルトへの愛は、〈愛〉の実在性の信仰によって支えられたものであり、その信仰は、〈名〉に対する信仰を生み出したのと同一の精神から生み出されたもの、つまりは「名の時代」の産物なのである。だとすれば、「名の時代」が終わったのちの「私」の愛のあり方が、「名の時代」における愛のあり方とはかなりその様相を異にするだろうことは容易に想像される。

私が内心悲しく思うのは、私たちの恋は、それがひとりの人間への愛であるかぎり、おそらく真に現実的なものではないだろう、ということであった。なぜなら、快い、あるいは苦しい夢想の連続が、私たちの恋をしばらくはある女に結びつけ、そのために恋がその女から必然的に生まれたものであると私たちに思われるとしても、反対に、意識的であれ、自分でも知らないうちであれ、そうした連想から私たちが離れてしまうと、その恋は、まるで自然発生的なもの、もっぱら私たち自身から生じたものであるかのように、また新しい女への恋となって生まれ変わるからである。(II-3)

要するに、〈愛〉に対する「私」の信仰は消え失せたのである。「私」はもはや女というものを〈愛〉の信仰の対象とは考えない。今後「私」が愛するだろう女とは、〈愛〉が内在しているがゆえに女神にも等しい絶対的な存在ではもはやなく、多くの女のなかから「私」が個人的で気まぐれな欲望によって行き当たりばったりに選び出した女、したがっていくらでも取り換えのきく女なのであり、またそんな女に「私」が求めるものも、〈愛〉の実現などではなく、単に欲望を満たすことでしかないと考えるだろう。だがこのように「名の時代」における愛のあり方に対して、それ以後の愛が様相を一変するとしても、その変化は表面的なものにすぎない。というのも、「名の時代」に「私」が抱いた〈愛〉の信仰といえども、「私」の内部にひそむ根源的な渇望が取りうるひとつの形にすぎず、そのすべてではないからである。

「私」が最初にアルベルチーヌを見かけたのは、バルベックの海岸を一団となって散歩している何人かの少女たちのうちのひとりとしてであった。「私」がこの少女たちに惹かれたのは、彼女たちがそれまで「私」が知っていたどんな少女たちとも違った種類の人間、とりわけ「私」自身とまったく異質の人間のように思われたためである。彼女たちは、周囲の人間などまったく意に介さない傲岸な態度を示し、ひどく柄の悪い言葉を使い、鋭い侮蔑的な眼差しをあたりに投げかけるのであった。「私」は、この謎のような少女たちの一団が送っている未知の生活を知りたいというはげしい欲望を覚える。

〔それは〕悩ましい欲望であった。なぜなら、それは実現することのできないものでありながら、私を陶酔させるものであることが感じられたからだ。〔……〕そしておそらくは、私と彼女たちのあいだにどんな共通の習慣も、どんな共通の観念もないということが、彼女たちと交際したり、彼女たちを喜ばせたりすることをいっそう困難にしているにちがいなかった。しかしたぶんまた、ある未知の生活への私の魂の渇望が私の心に現われたのは、相手の生活と自分の生活のあいだにどんな共通するものもないというその違いのせいでもあれば、これらの少女たちの性格や行動を構成しているもののなかに、私が知っていたり持っていたりする要素がひとつも入っていないという意識のせいでもあっただろう。

(II-152)

そのうえ、この少女たちの一団が、いつ「私」のまえに現われるか分からない、さらには、彼女たちがいつこのバルベックから去って行ってしまうのかさえ分からないといった不確かさ、捉えどころのなさから生まれる不安が、「私」の想像力をかきたて、彼女たちの未知の魅力をさらに大きくする。

あたかも古代ギリシアの処女たちから成り立っているように高貴に見えるこの小さな一団が私にもたらす快楽も、この一団が、何か路上を過ぎ去っていく女たちの遁走のような要素を持っていることから生まれてくるのだった。〔……〕私たちを未知の国に出帆させるこの見知らぬ女たちの逃げ去る幻影は、私たちを絶えず追跡の状態に置くのであって、そうなると想像力はもはやとどまることを知らない。

(I-153, 154)

「私」が、「彼女たちの全部を愛しながら、しかもそのうちの誰も愛していない」という状態を脱し、のちにアルベルチーヌという名前であることが分かるひとりの少女にとりわけ心をひかれることになるのも、この少女が特に「私」の気に入ったからではなく(「じつを言うと、この褐色の髪の少女は、私がもっとも気に入っている少女というわけではなかった」)、彼女が、以上見たような少女の一団の捉えどころのなさを、他の少女たち以上に備えていたからにほかならない。たとえば、彼女が「私」のそばを通り過ぎるときに見せた「笑いをふくんだ横目」は、「この小さな部族の生活を包み隠している非人情の世界、この私の観念などとうてい入り込めそうにない、近づきにくい未知の世界の奥から差し向けられた眼差し」のように思われたし、さらには「あるときは拳闘か競輪の選手の情婦のように見えるかと思うと、あるときは従順に躾けられた女の子のように見える」というふうに、会うたびごとに違った少女のように思われるのだった。

このようにして「私」の愛はしだいにアルベルチーヌのうえに固定されていくが、以上のことは、「私」のアルベルチーヌへの愛のありようをよく示している。つまりこの愛は、アルベルチーヌが「私」にとってまったく未知の存在であることから生まれたのであり、さらに彼女の謎めいた捉えがたさによって高められる。要するに、この愛は現実のアルベルチーヌから生まれたのではなく、この愛のなかには現実のアルベルチーヌはまったく含まれていないのである。だが、それはむしろ当然のことなのであって、愛とはもともと「私」の内部にひそむ根源的な渇望の投影であり、しかもこの渇望はこの世のいかなる対象によっても満たされないものである以上、そのような対象はあくまで「私」自身の想像の世界にしかありえないからである。つまり、「私」が愛を投影できるのは、想像力が働きうる対象、すなわち未知の対象、不在の対象に対してだけなのである。それゆえ反対に、彼女と近づきになり、彼女の現実的要素が「私」の精神に入って来るにしたがって、「私」の想像力は愛を、すなわち「私」自身の根源的渇望を、彼女に投影し続けることができなくなってしまい、それによって彼女に対する愛そのものが消えてしまう。

ひとに紹介されるとき、私たちは、何週間も追い求めていた快楽をこれからはいつでも味わうことができる〈パス〉を、たった今、手に入れたのだという気持ちになるが、じつはそんなパスを手に入れても、何の役にも立たないのである。それを手に入れたために、たしかにつらい追求は終わりを告げるが——そしてそのかぎりにおいては、私たちは喜びに満たされるだろうが——それと同時に、追求される相手、私たちが想像力で変形し、とうてい近づきになれないのではないかという不安に満ちた恐れで拡大した相手も消え失せてしまうのだ。

(II-227)

「私」と知り合いになり、「私」の目の前に従順に控えており、「逃げ去る幻影」であることをやめたアルベルチーヌのなかには、今まで「私」の想像力が思い描いてきた未知の世界を含む余地はまったくなくなってしまい、彼女は「私の知っているどんな少女ともたいして違わないひとりの少女」のように思われる。もはや「私」は、そんな平凡な少女を愛するどんな理由も見出すことはできない。

要するに、遠くから美しく神秘的に見えた事物やひとに、それが美も神秘も持たないものであることが分かるまで近づくことは、実在の問題を解くひとつの方法である。それはひとつの精神の衛生法であり〔……〕生活を送るうえである種の鎮静を与え、また——最上に達してみると、最上もたいしたものではないと覚らせ、何の後悔もさせないで——私たちに死を甘んじて受け入れさせるのである。

(II-300)

こうしてバルベック滞在も終わりに近づいたころには、「私が最初の日々に作り上げた海洋神話は、すでにことごとく消え去っていた」のである。

バルベックを去り、パリに戻ってからも、「私」とアルベルチーヌの関係は、すっかり切れてしまうわけではない。しかしそれは、「私」が彼女をふたたび愛するようになったためなどではなく（「もちろん、私は少しもアルベルチーヌを愛していなかった」）、ただ「私」の官能的な欲望を満たすためであり、あるいはせいぜい過ぎ去ったバルベックの美しい日々へのなつかしさのためでしかなかった。それゆえ、このままいけば、「私」はアルベルチーヌにまったく無関心になり、ふたりの関係もすっかり切れてしまい、やがては彼女の存在そのものをすっかり忘れてしまったことだろう。ところがあるとき、彼女に対してそれまでとはまったく違った新しい感情が芽生え、ふたたび彼女へのはげしい欲望が蘇ることになる。

ある夜、アルベルチーヌが「私」の家にやって来ることになっていた。だがこの時も、「私」は「彼女に少しも心を囚われてはいなかった」のであり、「その夜、彼女を来させるのは、ただ官能的な情欲にしたがったにすぎない」と思っていた。ところが、彼女は約束した時間になってもやって来ない。すると「アルベルチーヌの訪問は、不確かなだけに、今はいっそう情欲をそそるものになってくるように思われ、私の心は乱れた」。「私」の不安と苦しみはしだいに募っていき、それとともに、彼女についてのさまざまな憶測や疑いがつぎつぎに生まれてくる。

相変わらずここに姿を見せないアルベルチーヌとほとんど同じくらい私を苦しめているのは、今〈ほか〉のところにいて、私の知らないその場所で、明らかにここにいるよりもずっと大きな快楽を味わっているはずのアルベルチーヌの存在であった。そんなアルベルチーヌの存在が引き起こす苦しみに満ちた感情は（ほんの一時間前に、自分は嫉妬などしそうにない人間だとスワンに言ったにもかかわらず）、もし私がもっと頻繁にアルベルチーヌに会っていたとしたら、彼女が今どこで誰と時を過ごしているかを知りたいという不安な欲求に変わったことだろう。

（III-127）

それまで単なる快楽の対象でしかなかったアルベルチーヌが、こうしてたちどころに、深刻な不安をかき立てる存在、それゆえにいっそうはげしい欲情をそそる存在となる。まさにこうした不安や疑いこそ、またそれゆえの苦悩こそ、私たちの心に愛を呼び覚ます最大の要因なのである。

恋愛を作り出すさまざまな方法、この聖なる病を広めるさまざまな要因のなかで、ときとして私たちのうえを通り過ぎていくあのはげしい動揺の息吹こそ、まさしくもっとも効果的なもののひとつである。その息吹が通り過ぎていくとき、私たちがともに楽しみを分かっていたひとこそ、運命の賽子は投げられ、私たちの愛するひととなるだろう。相手がそれまで、他のひと以上に私たちの気に入っている必要もない。いや、他のひとと同じくらいに気に入っていることすら必要ではない。必要なことは、その人物に対する私たちの好みが排他的になることなのだ。そしてこの条件が満たされるのは、相手が私たちの近くにいないときに、相手の魅力がもたらす快楽の追求が、とつぜん、私たちのなかで不安な欲求にとって代わられる瞬間であり、それは同じ人間を対象とするものでありながら、この世を支配する法則ゆえに、とうてい満たすことも不可能であれば、癒すことも困難となった不条理な欲求、すなわち相手を所有したいという途方もない苦悩に満ちた欲求なのである。
(I-227)

だが、こうした不安と苦しみに満ちた欲求、自分でもどうすることもできない途方もない欲求こそ、「私」の精神にもっとも深く根差した感情ではなかったか。コンブレーの時代、「私」はこうした欲求を母に対して抱いたのであり、「母が二階に上がって来られないとフランソワーズに言伝させるなら、死んでやろうとさえ思ったほどだった」(III-130)。その欲求が、今度は恋のなかに生まれたのであり、それがひとたび恋のなかに移ると「どうしても恋と切り離せなくなる」のである。

「私」のアルベルチーヌに対する疑いが具体的な根拠を持ち始めたのは、二回目のバルベック滞在の折りである。「私」がコタール医師を伴ってある小さなカジノに行ったとき、たまたまアルベルチーヌを含む少女たちの一団がいて、彼女たちは男の相手がいないので、女同士で踊っていた。「私」は、アルベルチーヌの笑い声を聞き、その笑いがあまりに肉感的であるのを感じて、強烈な欲望にとらえられる。だがその直後、互いに体をぴたりとつけてワルツを踊っているアルベルチーヌとアンドレを見て、コタールはつぎのように言う——「親御さんもずいぶん軽率ですなあ、娘たちにこんな習慣をつけさせてうっちゃらかしておくんだから。〔……〕よく見えないんだが、たしかに快楽の絶頂に達していますな。ひとはあまりよく知らないかもしれんが、女たちが快楽を覚えるのは何よりも乳房によってなんですからね。ちょっとごらんなさい、ふたりの乳房は完全にくっついていますよ」（III-191）。それは「私」にとっては思いもよらない残酷な啓示であった。するとふたたびアルベルチーヌがさっきと同じ笑い方で笑ったが、いまやその笑いは、「私」にはうかがい知れない、また「私」にはけっして入り込むことのできない「官能的な、ひそかに隠れた、何か戦慄のようなもの」のメッセージのように思われた。

こうして、それまでは互いに無関係と思われていた愛と苦悩がひとつに結びついていく。いまや、愛とは苦悩であり、苦悩がそのまま愛であるという状態、つまりは「愛とは嫉妬の別名にほかならない」という状態に、「私」は近づきつつあるのだ。むろん、愛＝苦悩は直線的に高まっていくわけではない。このときはまだ、アルベチーヌの同性愛の疑いが否定しえないほどに根拠を持つものではなかったために、「潜在的な愛が私をアルベルチーヌに結びつける」には至らなかった。しかしこの疑いは、すでに「私」の心に植え付けられてしまったのであり、それはあらゆる機会をとらえて頭をもたげてくる。その機会とは、現在の彼女の言動ばかりでなく、過去の記憶のなかにも存在する。かつて罪のない行為として見過ごしてしまった彼女のある仕草が、何か特別の意味を持ったものとして思い出されてくる。するとふたたび、アルベルチーヌに対する苦しい好奇心と欲望が蘇る。反対に、こうした疑いが生じない期間がしばらく続くと、アルベルチーヌはふたたびどこといって取り柄のない女に思われ、彼女と交際を続けることの無意味さを痛感する。

こうしたジレンマに陥った「私」は、そこから抜け出ることを切望するようになる。だがそれには、嫉妬が静まり、アルベルチーヌに無関心になったタイミングをうまくとらえねばならない。「私」は彼女と別れる決心を固めて、その機会をうかがうが、そんな折しも、アルベルチーヌ自身の口から意外な事実を聞かされる。彼女はヴァントゥイユ嬢とその女友だちをよく知っており、ふたりを「私のお姉さま」と呼んでいたというのだ。「私」の脳裏には、かつてコンブレーのモージューヴァンで目撃したヴァントゥイユ嬢とその女友だちの同性愛の光景がありありと浮かんでくる。そしていまや、アルベルチーヌとその光景は分かちがたく結びつき、アルベルチーヌの背後に「私」が見るのは「ヴァントゥイユ嬢の腕のなかに倒れ、享楽がもらすあの異様な声を響かせて笑っている」彼女の姿なのだ。

だが、「そのお友だちと言うのはヴァントゥイユ嬢なの」という言葉は「開け、胡麻」だったのであり、私自身で見つけようとしても不可能だったにちがいないその呪文が、アルベルチーヌを私の裂けた心臓の奥深くに入り込ませたのだった。そしてその扉は、彼女を入れてふたたび閉ざされてしまった。たとえ私が百年かかって調べても、それをふたたび開ける方法を知ることはできないだろう。

(III-512)

アルベルチーヌの一言から受けたこの苦悩は、永久に癒えることのない慢性的な病となる。そしてこの苦悩が続くかぎり、「私」はアルベルチーヌを必要とする。もはや彼女と別れることはぜったいに不可能なのだ。

こうして「私」は、アルベルチーヌを連れ、バルベックを逃げるようにして去り、パリの両親の家にいっしょに住むことになる。アルベルチーヌを四六時中監視するにはそれ以外に方法はないのだ。こうしてアルベルチーヌを「囚われの女」にしてしまうと、その安堵感から、「私の心は新たな苦しみに苛まれることもなくなり、心の傷も癒えていきそう」に思われる。そうすると「私はもうほとんど彼女を美しいとも思わなくなり、いっしょにいると退屈して、自分が彼女を愛していないことをはっきり感じる」のであった。

だが、その苦悩の平癒も一時にすぎない。その苦悩は慢性的な病であって、ほんのわずかなきっかけで再発する。どれほど彼女の監視を厳重にしてもむだである。たとえ彼女を牢獄に閉じ込めたとしても、嫉妬の原因を完全に絶つことはできないだろう。というのも、「私」が嫉妬しているのは、今ここにいるアルベルチーヌではないからだ。それは不在のアルベルチーヌ、肉体を所有しても所有しえない、彼女の全過去、全未来に拡がっている存在なのである。

ひとは、愛の対象である人間が肉体のなかに閉じ込められて、自分の目の前に横たわっていると想像する。とんでもない！　恋は、その人間が過去に占めていた、そして未来に占めるだろうあらゆる時間と空間に拡大している。その人間が行うしかじかの場所、しかじかの時間との接触、そのすべてを所有しないかぎり、ひとはその人間を所有したことにはならないのである。

(III-607, 608)

「私」の嫉妬が完全に癒えるためには、アルベルチーヌが「私」に隠れて誰かと味わった快楽、またこれから味わうだろう快楽のことごとくを奪い返さなければならない。なぜなら、「私」には味わうことのできないそうした快楽のなかにこそ、「私」を苦しめ、それゆえに「私」が愛するアルベルチーヌが存在するのだ。しかしその快楽が存在した可能性、あるいは存在するだろう可能性は、アルベルチーヌが「過去に占めていた、そして未来に占めるだろうあらゆる時間と空間」に拡がっている。したがって、この「あらゆる時間と空間」を知り尽くし、その全体を所有しないかぎり、愛するアルベルチーヌを所有したことにはならない。だとすれば、アルベルチーヌとは「私にとってもはやひとりの女ではない」。それは「空間と時間のなかにばらばらにふりまかれ」、「解明できない一連の事件、解決できない問題」になってしまっている。それはまるで「船を呑み込んだことを罰するために、クセルクセスがこっけいにも打ち叩いたあの海のようなもの」(III-612)である。

愛、それは心に感じられるようになった時間と空間のことである。

(III-887)

このように「私」のアルベルチーヌへの愛は、目の前に存在するアルベルチーヌを突き抜け、彼女の背後に拡がる無限の時間・空間に拡散してしまったのであり、生身のアルベチーヌ自身は、その無限の時間・空間への入口、しかも永久に開くことのない入口にすぎないのである。

時々私は、アルベルチーヌの目のなかに、とつぜん燃え上がる彼女の肌のなかに、私にとって大空よりもなお近づきがたい地帯を、遠い一条の稲妻がさっと音もなく走って消えるのを見るように思うのだった。そこに私の知らないアルベルチーヌの思い出が旋回しているのである。バルベックの海岸やパリなどで、つぎつぎにアルベルチーヌを知っていったここ数年間のことを思い浮かべながら、私が少しまえから彼女のうちに見出した美しさ、恋人の存在が多くの面のうえに展開し、過ぎ去った多くの日々を含んでいることで成り立つ美しさ、この美しさは、私にとって何か心を引き裂くようなものを帯びるのだった。そんなときは、このバラ色に染まる顔の下に、まるで深淵のように、私がまだアルベルチーヌを知らなかった数々の宵の汲み尽すことのできない空間がひそんでいるように思われた。私はアルベルチーヌを膝のうえに抱き上げ、その顔を両手にはさむこともできる。彼女を愛撫し、手をながながと彼女の体のうえにさまよわせることもできる。だが、太古の大海原の塩気を含んだ石を撫でさするように、あるいは星の光をもてあそぶように、私はただ、内部から無限に達している一個の存在の、閉ざされた覆いだけに触れてい

るような気がした。　（III-887, 888）

このような愛の拡散は、一見すると、愛の変質であり、さらには愛の解体のようにも思われるが、しかしそれは、「私」の愛が至るべき必然的結果なのであり、今まで現実のアルベルチーヌの存在のなかにまぎれていたその愛が、その本来の姿を露呈したまでのことである。というのも、すでに見たように、「私」のアルベルチーヌへの愛は、たしかに現実のアルベルチーヌがきっかけとなって生まれたものであるとはいえ、この愛のなかには現実のアルベルチーヌはまったく含まれていないのである。つまり「私」が愛しているアルベルチーヌとは、彼女が秘めていると思われる謎の領域に「私」の想像力が描き出した虚構のアルベルチーヌにほかならず、それは現実のアルベルチーヌとはまったく相いれないのである。「私」が愛するアルベルチーヌとは、「私」の欲望や苦悩によって満たされた想像の空間にほかならず、それが存在するのは「私」自身の精神のなかでしかない。それゆえにこのアルベルチーヌは、現実のアルベチーヌとはまったく無関係に、「私」のその時々の心の傾きによってどのようにも変貌しうるし、「私」の苦悩と欲望が増大するのに応じて無限に拡大しうる。そしてそれは、アルベルチーヌの秘めている謎、あるいは未知性というものに限りがないからである。つまり「この女同士の愛は私の知らないものだったので、その快楽やその性格を正しく想像させるものは何ひとつなかった」（III-887）ために、この悪癖やその所在についてどのような想定も可能であり、結局は、彼女の全過去・全未来に疑いの範囲を拡げていくほかになかったのである。かくして、この疑いの領域のすべてが、つまり彼女の全過去・全未来が、愛＝嫉妬の対象となる。しかしここで言う彼女の全過去・全未来というものも、じつはただ「私」の精神のなかにだけ存在する想像の世界であって、この世界自体、「私」の精神の働きの産物にほかならない。言い換えれば、「私」が渇望したり、苦しんだり、嫉妬したりするのは、ことごとく「私」自身が生み出した幻影に対してなのである。

私がどこまでも恋人に忠実だったなら、不実さというものを想像することができないため、私は不実に苦しむこともなかっただろう。けれどもアルベルチーヌのなかに私が想像して苦しんでいたのは、私自身の欲望、たえず女の気を引き、そうして新しい小説の下書きを書こうとする私自身の欲望だった。このあいだ、私がアルベルチーヌといっしょにいたくせに、ブーローニュの森でテーブルについていたサイクリングの少女たちをちらとながめずにはいられなかったあの目つき、それをアルベルチーヌに想像してみることだった。知識というものが自分の知識でしかないように、嫉妬というのは自分についての嫉妬でしかないと言っても言い過ぎではなかろう。観察などは物の数にも入らない。知識にせよ、苦悩にせよ、自分の感じた快楽しか引き出せないのだ。

（III-887）

このように「私」のアルベルチーヌへの愛は、現実のアルベルチーヌを対象とし、現実のアルベルチーヌのなかにその実体を求めているという幻想を「私」に与えながら、じっさいには、この愛のなかにはアルベルチーヌ自身はまったく含まれてはいないのであって、現実のアルベルチーヌは「私」の愛のアリバイでしかないのである――「女ゆえに不安にとりつかれた私たちの心のなかにその女が占める場所の微小さということに、おそらく象徴と真実が託されている。というのも、事実、その女はそこでは物の数ではないのだ」(IV-16)。

このことがいっそう明らかになるのは、アルベルチーヌが「私」のもとから逃げ去り、事故死を遂げたあとにおいてである。もし「私」が嫉妬し、苦悩しているのが実在のアルベルチーヌであるなら、そのアルベルチーヌが存在しなくなった今、そのような感情を抱く必要も理由もなくなるはずであり、したがって嫉妬の別名でしかない愛もとうぜん消滅するはずである。だが「私たちが感じることは私たちにしか存在せず、したがって私たちは死という虚構の柵によってさえぎられることなく、それを過去や未来に投影する」(IV-109) のであって、「私」の想像力が作り出してしまった苦悩と嫉妬の空間そのものが「私」の心から消え去らないかぎり、「私」のアルベルチーヌへの愛も消えないのだ。むしろ彼女の死は、彼女の謎をいっそう完璧にすることによって、「私」の想像力をさらにかきたてるのである。

アルベルチーヌの死が私の苦悩をなくすには、落馬による衝撃が彼女をトゥーレーヌの地で殺すだけでなく、私の心のなかでも殺す必要があった。ところが、彼女は私の心のなかで今ほどなまなましく生きていたことはなかった。
(IV-60)

だが「私」の心のなかで愛するアルベルチーヌを殺すには、その存在の与件である彼女の謎、彼女への疑いをことごとく消し去らねばならず、さらにそうした謎や疑いを消し去るには、彼女の内面に入り込み、その内面の領域を隈なく知り尽す以外にない。ところが「自然は私たちの肉体を分離させたときに、迂闊にも心と心の浸透を可能にすることを忘れてしまった」(III-888)のだ。「人間は、自分のそとに出ることはできず、また他者を自分の内部においてしか知ることのできない存在」(IV-34)であって、私たちが知りうるのは、ただ私たちの内部の世界において私たちの精神が作り出した対象だけである。そうであるなら、アルベルチーヌの謎や疑いは、「私」にとって永久に消えることはなく、したがって「私」の彼女への愛もまた永久に続くのではなかろうか。

たしかにアルベルチーヌの謎は永久に残る。彼女がほんとうに同性愛だったのか、ほんとうに「私」以外の人間と快楽を味わっていたのか、「私」は永久に知ることはない。したがって原理的に言えば、「私」の彼女への愛も永久に続くはずである。ただし、それにはひとつの条件が必要であって、その条件とは、「私」自身がいつまでもアルベルチーヌを愛する自我であり続けることである。だが「私」の自我も、他のすべての人間の自我と同様に、たえず変化し、生まれ変わっている。やがて「私」はアルベルチーヌを愛さなくなるが、それは「私」の内部において、アルベルチーヌを愛していた自我が死んだためである。たしかに新しい自我もアルベルチーヌのことを知ってはいる。だがそれは他人が愛した恋人としてでしかない。またときには、古い自我が蘇ることもあり、そんなときにはふたたびアルベルチーヌを愛している自分を感じるだろう。しかしそれもつかの間のことであって、やがてはその古い自我も、その自我が愛したアルベルチーヌも、時間の抗いがたい流れのなかに完全に消えていく。こうしてようやく「私」は、アルベルチーヌへの愛の幻想、嫉妬の呪縛から逃れることができたのである。

以上、「私」の愛の発生と拡大、そして消滅の過程をたどったが、そこから明らかになるのは、恋愛とはあくまで内発的感情であり、その感情は他者との接触によって目覚めるとしても、もともと自分のうちに潜んでいたものだということである。そもそも、この感情が相手の未知性によってしか目覚めることもなく、相手の未知なる部分にしか投影されないということ自体、この感情が外部の世界においてはけっして満たされないものであることを示している。恋愛の感情も、「就寝のドラマ」において「私」が母に対して抱いた感情と同じく、私たちの誰もが潜在的に抱いている根源的な渇望から生まれる。その根源的な渇望とは、すでに述べたように、私たちの自己がみずからの根拠・根源を否定し、そこから離脱してしまったことによって生まれた欲望である。

以上のことから、ふたつのことが言えるだろう。まず、この根源的な渇望は、外部のいかなる存在にも依拠しない、つまりはいかなる外的原因も存在しない、あくまで内的な感情、私たちの内部において発生する感情である。つぎに、この根源的な渇望とは、もともと私たちの自己がみずからの根拠・根源を否定し、そこから離脱したことから生まれたものなのだが、自己自身にはそうした自覚はまったくなく、それゆえこの渇望は、外部世界に存在するこのうえもなく大切なもの、自分の命よりも大切とさえ思われるものから自分が引き離されている、あるいはそうした大切なものを奪われている、そうした意識として現われる。だからこそ、「就寝のドラマ」においてもそうだし、恋愛においてもそうだが、この根源的な渇望は、あくまで未知の対象、しかも自分が近づけない対象、さらには自分から奪われていると思う対象に向けられることになる。もちろん、この根源的な渇望を満たしてくれるような対象はこの世にありえないのだが、私たちはそんな対象がこの世にあってほしいという思いをどうしても断ち切ることができず、私たちの想像力はあらゆるきっかけをとらえて、そうした対象を思い描く。まずは、絵や本に描かれた風景、旅行ガイドで読んだ都市の記述、うわさ話に聞いた少女や貴婦人、そうしたものへのはるかなあこがれとして現われるだろう。たとえば、「私」の想像力はまだ見ぬ都市の名にそうした欲望を吹き込む。

それらの夢を再生させるには、私はただその地名を発音するだけでよかった。バルベック、ヴェニス、フィレンツェ、と。その名で示された土地が私に吹き込んだ欲望が、ついにその名の内部に入って、そこに蓄積されてしまったからである。〔……〕その結果、それらの名は、ノルマンディまたはトスカナの町を、じっさいにそうであるよりもはるかに美しく、しかもはるかに異なったものにし、私の想像力の恣意的な喜びをふくらませることによって、未来の旅の失望を大きくした。それらの土地の名は、私がこの地上のある場所から作り上げる観念を高揚させながら、その場所をいっそう特殊な、したがっていっそう現実的なものにするのであった。私はそのとき、町や風景や史跡を、ひとつの同じ材料から切り抜いて集めた、それぞれに見どころがある場面のように思い描くのではなく、そのひとつひとつが未知なもの、本質的に他とは異なったもの、私の魂が渇望しているもの、私の魂がぜひとも知るべきもののように思い描くのだった。（I-380）

しかし、この根源的な渇望がもっとも強い力を発揮して、私たちを支配するのは、嫉妬の感情として、つまり、私たちにとって大切な存在に近づくことが禁じられている、さらにはその大切な存在を奪われている、少なくともそう思われているときに、私たちがその対象に対して抱く感情としてである。「就寝のドラマ」において、近づくことのできない母、近づくことを禁じられている母に対して少年の「私」が抱いた感情がそうであったし、スワンがオデットに対して、さらには「私」がアルベルチーヌに対して、それぞれに抱いた独占的・排他的な恋の感情もそうであり、それはまさしく狂おしいばかりの嫉妬の感情であった。この嫉妬の感情は、自分の意志や理性によってはどうにも制御できない感情、そのためには自分の地位、財産、名誉、それらすべてを犠牲にしてもよい、自分の命を捨ててもよいとさえ、思いつめるほどの感情なのである。世間の常識や分別からすれば、つまり私たちが通常そうであるところの自己、主体としての自己からすれば、それはまったく非常識な、狂気としか言えないような感情であるが、この感情にひとたび取り憑かれた人間には、そんな常識や分別はまったく通用しない。じっさい、そうした嫉妬の状態において、近づくことができない対象、奪われた（少なくとも奪われたと思われる）対象は、当人にとって、まさしく自分の命よりも大切なもの、自分の生と存在の根拠・根源そのものとなってしまっている。かくして、最初は単なるあこがれであり、快楽の追求でしかなかった恋愛が、やがては嫉妬の苦しみとなって固定化する。だが、そうなるのはむしろ当然のことであって、それというのも、この感情がもともと、私たちがみずからの根拠・根源を失ってしまった苦悩から生まれたものだからである。それゆえに、恋愛には私たちの全生命、全実存がかかっているのであり、だからこそ、恋愛は相手のすべて、相手の全生命、全実存を要求するのであるが、もちろん、それは「この世を支配する法則ゆえに、とうてい満たすことも不可能であれば、癒すことも困難となった不条理な欲求」にほかならない。

しかし、恋愛の経験がまったく不毛だというわけではない。

私がかつてシャン＝ゼリゼで予感し、それ以来、ますますその通りだと思ったことは、ある女を愛するとき、私たちは単に彼女のなかに私たちの魂の状態を投影しているにすぎないということ、したがって、重要なのは女の価値ではなく、その魂の状態の深さであるということ、そしてひとりの少女が私たちに与える感動は、私たち自身の内部の奥深い部分を私たちの意識に上らせてくれる、しかも、優れたひとと話しているときに、いやそのひとの作品を感嘆しつつながめているときに、私たちに与えられる喜びがそうしてくれるよりも、もっと内密で、もっと個人的で、もっと奥深く、もっと本質的な部分を私たちの意識に浮かび上がらせてくれるということだった。

(II-189, 190)

私たちが恋の対象である人間に投影する渇望とは、何の根拠もない不毛な感情ではけっしてなく、私たちの存在の根底からわき出す感情、私たちの本質的な部分、つまり私たちの真の自己に呼応する本質的感情なのである。

VI　社交界とスノビズム

フォーブール・サン゠ジェルマンの社交界への「私」のあこがれが生まれるのは、「ゲルマント」という名への信仰からである。少年の「私」は、ゲルマントの方への散歩の折、「メロヴィング王朝時代の神秘に包まれ、ゲルマントのあの〈アント〉というシラブルから出てくるオレンジ色の光を浴びて、さながらその名のなかに浸っているように思われる」（I-169）壮麗な世界を想像するのであった。要するに、社交界へのあこがれも、その発生のメカニズムは旅行の夢や恋愛の夢の場合と同じく、まだ見ぬ世界にみずからの欲望を投影することによって生まれる。その後、ゲルマント家についての知識が増えていくにつれて、そのイメージはつぎつぎに修正を余儀なくされ、ついに「私」の家族がパリのゲルマント公爵邸の一画に住むにおよんで、その神秘性はあえなく消え去ろうとする。

しかし、ゲルマント家のサロンは私がかつてその名から引き出した特異性をもう見せてはくれないと知っても、それは私にとって決定的なものではなかった。そのサロンに入ることがかつて私に禁じられていたという事実そのものが、読んだ小説に描かれていたり、自分が見た夢に浮かんだりしたサロンと同じような形をそのサロンにとらせることを私に強いながら、そのサロンがほかのすべてのサロンと同じであるとはっきり分かっているときでさえ、まったく別物のように私に想像させるのであって、私とそのサロンとのあいだには柵があり、そこで現実が遮断されているのであった。ゲルマント家の晩餐会に出ることは、長年渇望された旅行をくわだてたり、私の頭のなかのひとつの欲望を目の前にもたらしたり、夢と親しい関係を結んだりするようなものであった。（II-670, 671）

ところが、フォーブール・サン゠ジェルマン第一等とされるゲルマント家のサロンは、思いもかけず「私」に開かれることになる。あるとき、ゲルマント公爵夫人自身から晩餐会に招待されたのである。すると自分でも驚いたことに、まるで憑き物が落ちたように、そのサロンに対してまったく無関心になっているのに「私」は気づく。そのなかに入ることが許されたというだけで、サロンへの想像力の源がすっかり涸れてしまったのだ。そしてじっさい、「私」が初めて経験したサロンは退屈そのものであり、晩餐会が終わりに近づいたころ、「私」はこう考えたほどである――「みんなくだらないことしか話さなかった。それはおそらく、私がこの場にいるからだろう」（II-832）。

たしかに、このサロンに集っている貴族たちは何世紀もさかのぼることができる名家が多く、歴史的好奇心からすれば興味深いとは言えた。

とはいっても、私の歴史的好奇心は、審美的喜びにくらべると、まだ弱いものだった。結局、引きあいに出された由緒正しい名が、公爵夫人の招待客たちを精神化する効果をもつことになったが、そうでもなければ、アグリジャントないしシストリア大公と呼ばれてはいても、肉でできた、頭のよくなさそうな、頭がいいといってもたいしたことはなさそうな、そのご面相は、彼らをすっかりありきたりの人間に変えてしまっていたのであって、その意味では、要するに、最初私がこの家の玄関の靴ぬぐいを踏んだとき、かねがね思っていたような〈名〉の住む魔法の世界の入口に降り立ったのではなく、その果てに来ていたのであった。（II-831）

このように、じっさいの社交界には「私」がかつて思い描いていたような高貴さとか精神性といったものは何ひとつ見当たらず、それらは皆、「私」のあこがれのなか、想像のなかに存在するにすぎなかったのだ。社交界の価値とか社交的地位とかは、あくまでそれを知らない人間、つまりサロンに入れない人間、サロンに入ることを禁じられている人間の頭のなか、想像のなかにしか、存在しないのであって、それはもっぱら、そこに入れない人間の夢やあこがれや、そこに入ることを禁じられている人間、そこから締め出されている人間の嫉妬や怨念によって支えられているにすぎない。

上流社交界に属する人びと、つまり由緒正しい名門貴族たちは、みずからの価値や社交的地位の客観性を信じている、少なくとも信じているふりをしているが、いっぽうでは、それがもっぱら他者の幻想によって支えられていることを、なかば本能的に知っているのであって、それゆえ、彼らの生活はこの幻想を維持するという唯一の目的にしたがって巧妙に組織化・形式化されている。彼らは、あらゆる手段を用い、あらゆる機会をとらえて、人びとのあいだにこの幻想をかきたてようとする。この技法はけっして表に立つことはなく、さまざまな美名や口実によって隠されているが、彼らの言動のいたるところに、そうした目に見えない技巧が凝らされている。その技巧とは、一言でいえば、「相手との距離をマークしようとする技術、それも変幻極まりない技術」(II-736)である。それは、人びとが自分たちに近づきになるのがひじょうに困難なこと、ほとんど不可能なことのように思わせる技術、また仮に近づきになれたとしても、それはまったく例外的なこと、このうえもない恩典であるかのように相手に思い込ませる、そんな技術である。たとえばゲルマント家の人たちは、こちらが彼らに紹介される段になると、「一種の儀式の手順を踏む」のであって、「その儀式たるや、あたかもこちらに手を差し出したという事実が、まるで騎士聖別式を執り行ったほどたいしたことであったと思わせかねない」(II-736)のである。

上流貴族の生活で、サロンが重要な意味を持つのもまさにこの点においてであり、彼らがそこで味わう不毛な楽しみは二義的なものにすぎない。彼らにとってサロンとは、何よりもまず、人びとのあいだに幻想や欲望、さらには嫉妬心をかきたてるためのトリックの舞台であり、そこに人びとの幻想と欲望は無限に拡大されて映し出されることになる。そのトリックの本質をなすのは「選択と排除」

の論理である。彼らはひとが自分のサロンに入るための厳しい資格を設ける。その資格とは、表向きはさまざまな美名で飾られているとしても、実質的にはその人間の社交界での地位によってすでに決まっている。ゲルマント家のサロンであれば、その表向きの資格とは、理知と魅力である。ところが、彼らは理知や魅力の基準そのものをゆがめてしまうのであって、「理知と魅力の必要係数は、ゲルマント公爵夫人のもとに招待されたいと願うひとのランクが高くなるにしたがって下がっていき、おもだった王族になるとゼロにまで近づくとすれば、逆に、この王族の水準から下がれば下がるほど、係数は上がっていく」(II-744)。それゆえ「男性は学者というふれこみであっても、辞書のように退屈であったり、それどころか平凡なことといったらセールスマンの頭程度」なのであり、また「女性はきれいであっても、おそろしく柄が悪かったり、おしゃべり」であったりで、結局「地位のない人たちときたらひどいもので、みんなスノッブに決まっている」(II-743)のであった。

自分たちのサロンに入れるべき人間の選別に彼らがこれほどきびしいのは、それ自体では無でしかないサロンの価値は、ひとえにこの選別によって決まるからである。サロンの唯一の関心事は、誰を呼んで誰を呼ばないかということである。「あんなひとを入れるのね、ここは!」――その一言でそのサロンの権威は失墜する。この選別の基準がきびしければきびしいほど、またこの基準をきびしくできればできるほど、そのサロンの地位は高いということになる。したがって、ゲルマント夫人のそれのような上流サロンはおのずから高いランクの人びとによって構成されることになるが、それはまた、かなり高いランクの人間でもそこに入れないことを意味する。むしろ重要なのは後者であり、それによってサロンの地位の高さが誇示される。つまりこの排除こそが、人びとのサロンに対する幻想と欲望を維持するうえでもっとも有効な手段なのだ。というのも、サロンに入れない人間、サロンに入ることを禁じられた者たちこそ、サロンに対する幻想と欲望の真の担い手であって、まさしくサロンに入れない、入ることが禁じられている状況が、彼らの内心にサロンへの幻想を生み出し、サロンに入りたいという欲望をいやがうえにも高めるのである。逆に、「私」の場合のように、サロンに入ることをひとたび許されてしまえば、許されたというだけで、サロンに対する幻想と欲望は消えてしまう。

以上のことから、ゲルマントの人びとがなぜ頑としてブルジョワを自分のサロンに入れようとしないかが説明される。それは、彼らがブルジョワを無視しているからではけっしてない。それどころか、彼らの生活自体がそうであるところの虚構の演技は、総じてブルショワに向けられていると言ってもよい。彼らはサロンの柵越しにこぼれんばかりの媚びをブルジョワに振りまく。だが、その媚びにひかれてブルジョワがサロンに入ろうとすると、とたんにサロンの扉はかたく閉ざされる。ブルジョワは、扉の外側から、欲望と嫉妬の熱い視線をサロンに注ぐだろう。貴族が待ち構えているのは、まさにこの熱い視線である。しかもブルジョワがサロンに入ろうとすればするほど、貴族の術中にはまることになる。貴族はサロンの扉をさらにかたく閉ざし、ブルジョワの欲望と嫉妬をいっそうかきたてようとするばかりで、けっして彼らをサロンに入れようとはしないだろう。ひとたびサロンに入れてしまえば、彼らの欲望と嫉妬は消えてしまい、それと同時に、貴族の地位の〈実体〉も消えてしまうのを、貴族はよく知っているからである。このように、貴族サロンはブルジョワを踏みつけにすることによって、つまりはブルジョワの欲望と嫉妬を土台として、成り立っているのであって、「サロンの特質は〔……〕よけいなものを犠牲にすることをその根底とする」（II-744）。だが、こうして犠牲にされた「よけいなもの」こそ、目には見えないが、サロンの礎なのであり、この礎がなくなれば、サロンそのものが崩壊する。

以上のように、貴族の地位を支えている〈実体〉とは、ブルジョワのスノビズムにほかならない。じっさい、作品には数多くのスノッブたちが登場するが、その典型はヴェルデュラン夫人とルグランダンである。

「スワンの恋」に描かれているヴェルデュラン家のサロンは、ゲルマントのサロンとはおよそかけ離れたブルジョワ小サロンにすぎないが、主人夫妻はその打ち解けた雰囲気をこよなく愛し、この「小さな核」、「小さなグループ」、「小さな党」にすっかり満足しきっているようにも見える。彼らはつねづね「この家に出入りしていない連中の夜会は雨のようにたいくつだ」とか「サガン大公夫人やゲルマント公爵夫人は、その晩餐会に多くのひとを集めるのに、さもしい連中をお金で駆り集めなくてはならないのですよ」と言っていたし、自分たちのサロンでは儀式ばったことを避けようとするのも「彼らがペスト菌のように警戒している〈やりきれない連中〉に似ないようにするため」であった。もちろん、こうした態度は見せかけにすぎず、「やりきれない連中」への軽蔑の仮面の背後には、燃えるような嫉妬と憎悪が隠されている。ヴェルデュラン夫人は、自分のサロンが貴族サロンとはまったく違った特色や魅力を持っていることを強調し、それによって自分のサロンの優越性を周囲の人びとに信じ込ませようとするが、人びとに信じ込ませようとしているこの優越性を、誰よりも彼女自身が信じていない。彼女が信じている唯一の価値とは、貴族の絶対的優越性であり、それこそ彼女が真に執着しているものである。しかしそれを認めることは、今の自分が無であることを認めることであり、それは彼女の自尊心が許さない。というよりも、この事実を自分に認めざるをえないことによって、彼女の自尊心はすでに癒しがたく傷つけられているのであり、この傷ついた自尊心を暴かれることを彼女は何よりも恐れている。彼女にとって、この傷ついた自尊心に触れられること以上に大きな苦痛はない。夫人のサロンの席でたまたま、スワンがフォーブール・サン゠ジェルマンの常連であることが話題に出てしまったときの彼女の反応は、この傷ついた自尊心がいかなるものであるかをよく示している。

ヴェルデュラン氏は、そんな「やりきれない連中」の名前が、よりによって、すべての信者たちの面前で放言されたとなると、それが妻にさぞかしひどい苦痛の印象を生んだにちがいないと心配して、不安な心遣いに満ちたまなざしを彼女のうえにこっそり投げかけた。そのとき彼が見たのは、ヴェルデュラン夫人が〔……〕そういうことがじっさいにあったとは断じて認めまい、たったいま自分に告げられた知らせには心を動かされまい、単に黙っているだけではなく、耳をふさごうとする、そんな決意のうちに、自分の沈黙が同意を表わしているのではなくて、無機物の無感覚の沈黙であると見せかけるため、急に自分の顔からいっさいの生気、いっさいの動きをはぎ取ってしまった姿であった。（I-254）

この傷つけられた自尊心、そして貴族への嫉妬と憎悪、それはもともと貴族の優越性を信じることから生まれたものである。しかし嫉妬や憎悪に駆り立てられた彼女の想像力は、彼女の精神のうちに、貴族の優越性をさらに拡大して映し出すだろう。それによって彼女の自尊心はますます癒しがたく傷つけられ、かくして彼女は、ちょうど「私」がアルベルチーヌに対して陥ったような、嫉妬の無間地獄にはまり込む。いまや彼女にとって、貴族サロンは、遠くから仰ぎ見る理想といったものではなく、是が非でもこれを征服しなければすまない復讐の対象となる。貴族サロンを征服し、復讐をとげるまでは、彼女の自尊心は癒されることはなく、それゆえこの無間地獄から抜け出ることもできないだろう。

ルグランダンのスノビズムの心理も、ヴェルデュラン夫人のそれとほぼ同じである。彼は、自然を愛し自由気ままに生きる芸術愛好家として、社交界などにはまったく興味がないといったふうを装っていたが、それにしては、貴族社会、社交生活、スノビズムに対する彼の憎悪は異常なほどであった。彼はそれらに対して「火のような毒舌を吐き」、「スノビズムは、聖パウロが赦免されない罪について語るとき、たしかにその念頭に浮かべられている罪だ」（I-67）と言うのだ。

社交的な野心は、祖母には実感することも、ほとんど理解することも不可能な感情なので、そんな野心をけなすためにそれほどの熱意を燃やすのはひどく無益なことのように思われた。それにまた、ルグランダン氏の妹がバルベックの近くで、バス＝ノルマンディ地方のある貴族と結婚していたのに、貴族たちをことごとく断頭台に上がらせなかったことで大革命を非難するほどはげしい貴族攻撃に熱中するのは、祖母にはあまりいい趣味とは思われなかった。（I-67）

もちろん、貴族に対するこれほどの憎悪は、貴族への熱烈なあこがれ、社交界への強い執着の裏返しの表現にほかならない。要するに、彼はスノッブなのだ。

私が「ゲルマント家の方々をごぞんじですか」とたずねると、話好きのルグランダンは答えた。「いいえ、知ろうと思ったこともありません。」あいにくそれは、第二のルグランダンが答えているにすぎなかった。というのも、彼が注意深く内心に隠していたルグランダン、表に現わさないもうひとりのルグランダンが〔……〕まなざしの傷や、口もとの皺や、極度に真剣な返答の調子や、無数の矢、私たちの話好きのルグランダンをまるでスノビズムに殉じた聖セバスティアヌスのように一瞬のあいだに突き刺し、ぐったりさせた無数の矢によって、すでにこう答えてしまっていたからであった。「ああ！　あなたはどうして私をそんなに痛めつけるのです！　知らないといったら私は知らないのです、ゲルマントのひとたちを！　私の生涯の大きな苦痛を呼びさまさないでください。」

(I-127)

スノビズムとは、以上のように、今の自分に満足できず、今とは別の人間になりたいという願望であると、一応は言うことができるだろう。あるいは、今の自分はほんとうの自分ではなく、ほんとうの自分は今とはまったく別の人間であるべきであり、またあるはずであるという思いだと言ってもよい。だがそれにしても、私たちはどうしてそんな願望、そんな思いを抱くのだろうか。そのうえ、私たちはそのような願望、そのような思いを抱くことを誰からも強いられているわけではない。むしろ、そんな願望、そんな思いを抱いていることを、本人自身が恥ずかしいこと、隠すべきことと思っているのであって、それはあくまで、他者には秘すべき内的感情にほかならない。とはいえ、この内的感情は、自分にも抑えることのできない凶暴な力となることすらある。じっさい、ヴェルデュラン夫人やルグランダンにとって、スノビズムこそ、生涯をかけた情熱であった。

結局、スノビズムもまた、恋愛と同じく、あくまで内発的な感情であり、しかもそれが亢進すれば、自分の全生命、全実存をかけたはげしい情熱になりうる感情なのである。というのも、この感情の背後には、自分の全生命、全実存にかかわるような根源的な渇望が潜んでいるからである。すでに見たように、その根源的な渇望とは、私たちの自己がみずからの根拠・根源から引き離れている、みずからの根拠・根源を失っているという欠如・欠落を原因として生まれたものにほかならず、それはまさしく、今の自分はほんとうの自分ではない、今の自分はほんとうの自分、真の自己から引き離されているという苦悩であり、それゆえにまた、何としてもほんとうの自分、真の自己になりたい、戻りたいという願望なのである。ヴェルデュラン夫人やルグランダンのスノビズムとは、私たちのうちにもともとひそんでいるこうした苦悩と願望を貴族階級や上流社交界に投影したものにほかならない。だからこそ彼らは、自分はほんらい貴族階級や上流社交界に属すべき人間なのに自分はそこから排除されている、自分がほんらい占めるべき地位を奪われている、というはげしい嫉妬の苦しみに苛まれ続けているのであって、彼らの貴族階級や上流社交界への異常とも言える憎悪や復讐心の原因もそこにある。とはいえ、貴族階級や上流社交界に属することができれば、自分がほんとうの自分、真の自己になれる、つまりは真の自己実現が可能になる、というのはあくまで幻想にすぎない。

Ⅶ　幻滅

すでに見たように、「私」の半生を支配したのは「ふたつの方」の神話である。コンブレーの時代、メゼグリーズの方（スワン家の方）とゲルマントの方への散歩において、この双方の景色のなかに「私」が夢想したふたつの理想の世界、そのふたつの世界の「実体」を追い求めることに「私」の半生は費やされたのである。だがこの追求はことごとく徒労に終わる。というのも、その理想世界の「実体」とは、現実においてはけっして満たされることのない「私」の根源的渇望そのものの幻影にほかならず、その「実体」を秘めていると思われる対象に近づき、その対象が現実のものとなるとき、その「実体」は必然的に消え失せる。

だがそのように、かつてふたつの方の散歩において夢想した理想の世界の対象物につぎつぎに出会い、そのことごとくに幻滅し、ふたつの方の神話に対する信仰をすっかり失ってしまったかに思われる「私」に、この信仰の最後のよりどころがまだ残っていた。それは、ゲルマントの方とメゼグリーズの方というこのふたつの土地は、互いに通じることのないまったく相異なるふたつの世界であって、このふたつの世界のあいだには絶対的な差異が存在するという幻想であり、この幻想がふたつの世界のそれぞれに何ものにも還元されえない独自の「実体」、固有の「現実性」を与えていたのである。むろん、このふたつの世界の最後のよりどころもまたひとつの幻想である以上、やがては消え去らねばならない。その幻滅の時は、物語も終わりに近く、コンブレーの元スワン氏の領地であったタンソンヴィルに、今はサン＝ルー夫人となっているジルベルトをたずねた折りにやってくる。タンソンヴィル滞在中、「私」はジルベルトとともにコンブレー周辺の思い出の地を散策する。だが、かつて少年時代の同じ散歩で味わった喜びをどこにも見出すことができない。「私」がはじめてジルベルトと出会った坂の小道にも何の感慨も浮かばず、ヴィヴォーヌ川はちっぽけで薄汚れた小川でしかない。こうしたことにも自分の感受性や想像力の衰えを痛切に感じた「私」は、憂愁の気分に浸されるばかりであった。だが「私」は、さらにいくつかの驚き、長いあいだ抱き続けてきた幻想が一瞬にしてあえなく消え失せていく悲哀を味わわねばならなかった。そのひとつは、ヴィヴォーヌ川の源を知った驚きである。かつて「私」は、その源を遠い地の果てにある「地獄の入り口と同じくらい非地上的なもの」のように想像していたのであった。ところがじっさいに目にしたその水源とは、コンブレーからも遠くないところにある「方形をした洗濯場にすぎず、その底からはぷくぷくと泡が立ちのぼっている」(IV-268)のであった。だが、さらに大きな驚きが「私」を待ち受けていた。それは、メゼグリーズの方への散歩の途中で、ジルベルトからつぎのように言われたときのことであった――「もしあなたのおなかがそれほどお空きでなかったら、そしてこんなに時間が遅くなかったら、この道を左に行って、つぎに右に曲がれば、十五分もしないでゲルマントに着きますわ」。彼女のこの言葉は「左に行って、つぎに右に曲がりなさい、そうすればけっして手の届かないものに手を触れることができ、地上ではその方向しか、つまりはその〈方〉しか知ることができないほど遠くにある到達しえないものに到達することができるでしょう」と言っているに等しく、「私が子供の頃抱いていたすべての観念を揺るがし、ふたつの方は私が信じているほど互いに相いれないものではないことを私に教えてくれた」(IV-268)のである。かくして、「私」の半生を支配し続けた「ふたつの方」の神話の源泉までが、ここにおいて涸れ果てたのだ。ゲルマントとメゼグリーズのふたつの方がかくも簡単に互いに通じているとすれば、このふたつの世界のあいだには、かつて「私」が思い描いたような絶対的な境界、絶対の差異などというものが存在するはずはなく、したがってまた、このふたつの世界が他のいかなる現実にも還元されえない固有の「実体」、固有の「現実性」を備えていると考える根拠もなくなることになる。このふたつの世界にそうした「実体」、そうした「現実性」を与えていたのは「私」の信仰の力、すなわち「私」の想像力の働きであって、そのような「実体」、そのような

「現実性」は、もともとこの世界にはありえなかったのである。こうしてふたつの方の神話が無に帰した今、「私」は、自分の根源的な欲望を満たしてくれるような真の差異、真の独自性を備えたいかなる現実もこの世には存在しえないというこのうえもなく苦い幻滅を味わう。

＊

最初に述べたように、本章の目的は、無意志的記憶および芸術の主題と恋愛および社交界・スノビズムの主題の関係を探ること、言い換えれば、両者を貫く根本主題を見出すことであり、それによって、プルーストの小説の真の統一性を明らかにすることであった。

両者を貫く根本主題とは何か。それは、この小説のタイトル、すなわち『失われた時を求めて』という言葉に暗示されている。「失われた時を求める」という意味は、単に過ぎ去った過去のことを思い出す、失った過去を取り戻す、ということではない。ここで言う「時」とは、まさに世界の始まりを意味する。私たちは、すなわち私たちが通常そうであるところの自己は、世界の始まりとしての「時」をあらかじめ失っているのだが、主人公「私」は、半生にわたって、さまざまに迷いながら、その失われた「時」を求め続け、それをついに見出す、というのがこの小説の根本主題にほかならない。しかし、世界の始まりであるこの「時」は、同時にまた、私たちの自己の始原でもある。したがって、私たちが「時」を失っているということは、私たち自身の真の自己を失っているということであり、それゆえ、その失われた「時」を求めるということは、そのまま、私たちの真の自己を求めるということでもあるのだ。

しかし、私たちが通常そうであるところの自己は、失われた「時」を見出すことが原理的にできない。というのも、すでに見たように、この自己はまさしく世界の始まりとしての「時」を否定したところに成立しているのである。すなわち、私たちの生の根拠・根源であるこの「時」から離脱し、みずから独立した主体となったのが、私たちが通常そうであるところの自己なのだ。もちろん、この自己は真の主体ではないのであって、みずからのうちに深い欠如・欠落をかかえこんだ存在であり、そこから根源的な渇望が生まれる。ところが、この根源的な渇望は、その真の対象そのもの、すなわち世界の始まりとしての「時」を否定することによって生まれたものである以上、真の対象であるこの「時」に差し向けられることはありえない。そもそも、主体となったこの自己にとって、自分以外のすべてのものは自分の外部に客体として存在する。そこでこの自己は、自分が抱えこんだ根源的な渇望を外部世界の何らかの対象に投影し、その対象を追い求め、その対象に到達し、その対象を所有することによって、その渇望を満たそうとする。旅行の夢、恋愛の夢、社交界の夢、すべてはそのようにして生まれるが、そうした夢も、ほんとうは失われた「時」、失われた真の自己への渇望にほかならないのである。

今までの実人生で嘗めてきたさまざまな失望から、私は人生の真の現実とは行動以外のどこかにあるという思いを抱かざるをえなかったが、こうした失望を省みるに、そのさまざまな失望を、単なる偶然の成り行きや、その時々の生活の状況のせいにして、片付けてしまうわけにはいかなかった。旅行の夢も、恋の失望も、異なった失望ではなく、同じひとつの失望、すなわち物質的享受や実際的行動においては自己実現することができない（l'impuissance que nous avons à nous réaliser dans la juissance matérielle, dans l'action effective）という失望が、その都度呈する異なった相にほかならないことを、私は強く感じていた。（IV-456）

このように、「私」を長いあいだにわたって苛み、さまざまな対象に向かって駆り立てた渇望とは、私たち自身が、世界の始まりとしての「時」を失い、それによって真の生、真の自己を失ったために、私たち自身のうちに生まれた渇望にほかならず、それゆえ、この渇望は、私たち自身のうちにおいて、失われた「時」を見出し、私たち自身が真の自己となることによってしか、満たされることはありえないのである。

私自身の奥底にひそんでいるものに、現実のなかではけっしてたどり着けないことを、私はいやというほど経験してきた。私にはもう分かっていた——バルベックへの二度目の旅においても、タンソンヴィルに行ってジルベルトに会うことによっても、失われた時を見出すことはできなかったように、サン゠マルコ広場に行ったところで、それを見出すことはありえないことを。つまり、それらの印象が私自身のそと、たとえばある広場の片隅に存在しているという錯覚をまたしても抱かせるだけの旅行は、私が求めている方法ではありえないのだ。〔……〕そうした印象をより深く味わう唯一の方法は、それらが存在する場所、すなわち私自身のなかで、もっとそれらを知る努力をすること、それらをその深い底の底まで明らかにするよう努めることであった。

(IV-455, 456)

言うまでもなく、失われた「時」を、そして失われた真の自己を、自分の内部において、ふたたび見出すのは無意志的記憶あるいは「謎めいた印象」を通じてであり、そうして見出した「時」と真の自己を表現し実現するのが芸術創造の役割である。

このように、無意志的記憶および芸術の主題と恋愛および社交界・スノビズムの主題は、双方ともに、失われた「時」を求め、失われた真の自己を求めるという、この小説の根本主題に収斂するのであって、両者は平行関係にあると同時に緊張関係にある。つまりそれは、失われた「時」、失われた真の自己を、外部に求めるのか、内部に求めるのか、というふたつの方向性のせめぎ合いなのである。

私たちはみずから選んでふたつの力のどちらかに身をまかせることができる。一方の力は私たち自身からわきおこり、私たちの深い印象から生まれる。他方の力は外部から私たちにやってくる。前者はおのずから喜びを伴う。それは創造者たちの生活から生まれる喜びである。後者の力、

それは外部の人たちの陥っている動揺から私たちのうちに伝わってくる振動で、それは喜びを伴わないのである。（II-836）

たとえば、ヴァントゥイユの七重奏曲を聴きながら、「私」は「この作品の冒頭、あけぼのの最初の叫びのなかには、アルベルチーヌへの恋よりももっと神秘的な何かが約束されていたようだ」（III-758）とつぶやく。つまり芸術と恋との対比。

〔ヴァントゥイユの作品からは〕私が終生聴くことをやめないだろうあのふしぎな呼びかけが私にまで届けられたのであった。その呼びかけは、私があらゆる快楽のなかに見出し、恋のなかにさえ見出したあの虚無とは別のものが存在するという約束〔……〕のようなものであった。（III-767）

さらに芸術と社交界との対比。

社交界は虚無の王国である。〔……〕差異の世界などというものはこの地球上のどんな国にも存在せず、私たちの知覚はあらゆる国々を均一化してしまう。ましてや〈社交界〉と称するせまいところに差異の世界が存在するはずはない。それでも、そんな世界はどこかに存在するのであろうか？　ヴァントゥイユの七重奏曲はそれが存在すると私に告げているように思われたのであった。しかしどこに？　(III-780, 781)

このように、「私」が恋愛において、また社交界において、見出したのは、結局のところ、虚無でしかなかった。それはほかでもなく、恋愛や社交界に、つまりは外部の世界に、みずからの根源的な渇望を満たしてくれる対象を追い求める私たちの自己、主体としての自己そのものの非現実性、虚無性ゆえである。私たちが通常そうであるところの自己、主体としての自己であるかぎり、私たちは、差異の世界、つまりは私たちの真の現実、真の生を生きることはできないのだ。しかしそのことを知るためにも、私たちは徹底した挫折と幻滅を経なければならない。それによってはじめて、私たちが通常そうであるところの自己、主体としての自己は打ち砕かれ、まさに「全人格の転倒」(III-152)が起きるだろう。かくして私たちは、主体としての自己から受容者としての自己へと立ち戻る。この受容者としての自己こそ、真の現実を知り、真の生を生きることができる自己、つまりは私たちの真の自己なのである。

第四章　小説の構造——無名の「私」

前章では、『失われた時を求めて』における恋愛の主題、そして社交界・スノビズムの主題をやや詳しく検討した。じっさい、この長大な小説において、無意志的記憶や謎めいた印象、いわば特権的瞬間の主題、そしてそれらの現象によって蘇る真の現実を実現する方途としての芸術の主題が占める割合はごくわずかでしかなく、その大半は恋愛の主題、そして社交界・スノビズムの主題が占めている。しかし前章で明らかになったように、たしかに分量的には、特権的瞬間や芸術の主題が占める割合はごくわずかでしかなく、大半は恋愛の主題、そして社交界・スノビズムの主題が占めているとしても、あくまで要となるのは前者であり、究極的には後者は前者に包摂される、あるいは止揚されるのである。

ひとは大いに楽園を夢見る。というより数多くの楽園をつぎつぎに夢見る。しかしそれらはすべて、自分が死ぬよりもまえに、失われた楽園になる。そしてそこでまた、ひとは自分が失われていることを感じるだろう。（III-253）

このように、主人公「私」を長いあいだにわたって苛み、さまざまな対象に向かって駆り立てた渇望とは、私たち自身が、世界の始まりとしての「時」を失い、それによって、真の生、真の自己を失ってしまったために、私たちのうちに生まれた渇望にほかならず、それゆえ、この渇望は、私たちのうちにおいて、失われた「時」を見出し、私たち自身が真の自己となることによってしか、満たされることはありえないのである。すでに見たように、失われた「時」を、そして失われた真の自己を、自分の内部においてふたたび見出すのは、無意志的記憶あるいは謎めいた印象を通じてであり、そうして見出した「時」と真の自己を表現し実現するのが芸術創造の役割である。

当然のことながら、『失われた時を求めて』という小説は、失われた「時」、つまりは世界の始まりとしての「時」を、そして失われた真の自己、世界の始まりの〈場〉そのものとしての〈私〉を、表現し実現するべく書かれた作品である。

世界の始まりとしての「時」、そして世界の始まりの〈場〉としての〈私〉は、何よりもまず、一人称の語りとして表現され、実現されている。

むろん、一人称小説というものは昔から数多くある。たしかに小説中には二度、「私」をマルセルと呼んでいる箇所があるが（III-583、III-663）、その一方は「作者と同じ名前を語り手に与えるとすれば」という条件付きであり、他方においても、プルーストに作品を加筆訂正する時間がじゅうぶんにあったなら、消滅したにちがいないのである（鈴木道彦訳・世界の文学三二『プルースト』中央公論社、解説、五〇八頁）。もちろん、「私」は主人公の「私」でもあって、主人公の「私」には、当然のことながら、名前があるはずである。しかし、作者はあえて主人公「私」の名前を明かさないばかりか、その外貌や肉体的特徴、さらには戸籍簿的情報（いつ、どこで生まれたか、今どこに住んでいるか、今は西暦何年か）など、彼を一個の客観的・社会的存在として同定しうる要素を可能なかぎり抹消している。だが、ふつうに考えれば不自然としか思えないこうした操作を作者があえてやっているのも、主人公をそんな無名で抽象的な存在（たとえばカフカの『城』の主人公Kのような）として示すのが目的ではない。そうではなく、作者の狙いはあくまで語り手にある。つまり、主人公の名前を明かさない、その外貌や肉体的特徴、戸籍簿的情報を可能なかぎりあいまいにしている作者の真の意図は、語り手「私」までもが一個の客観的・社会的存在として読者に受け取られることを極力避けることにあるのだ。というのも、主人公の「私」の客観的・社会的存在としての存在性が大きくなると、同じ「私」であることを通じて、語り手の「私」までが一個の客観的・社会的存在として同定されてしまうことになりかねないからである。

だがプルーストは、なぜそれほどまでして語り手「私」を客観的・社会的存在として同定されることを避けようとするのか。それはほかでもなく、語り手「私」とは客観的・社会的存在ではないからである。つまり、語り手「私」は、外部の世界に存在する無数の人間のひとりではないのだ。『失われた時を求めて』の語り手「私」とは、まさに世界の始まりの〈場〉としての〈私〉なのである。語り手「私」が世界の始まりの〈場〉そのものであるということは、世界全体が〈私〉の内部にあるということである。じっさい、『失われた時』に登場するあらゆる人物、あらゆる事物、あらゆる事件、あらゆる土地、あらゆる時代、それらはすべて語り手「私」の語りによって現出するのであって、言い換えるなら、それらはすべて語り手「私」の意識内容なのである。

「スワンの恋」という例外があるではないか、この部分は言ってみれば三人称小説であり、「私」の外部にある世界を客観的に描いているではないか、という反論もあるかもしれない。たしかに、「スワンの恋」は「私が生まれるまえにスワンが陥った恋」を語っているが、しかし「ときにはもっとも親しい友人の生涯よりも、数世紀まえに死んだ人びとの生涯のほうが、むしろたやすく、その細部にいたるまで、くわしく知ることができるものなのだ」(I-184)という弁明がなされているように、「スワンの恋」も、あくまで語り手「私」が知りえたかぎりでの話として語られているのであって、じっさい、「スワンの恋」にも、つぎのような記述が見られる。

ずっと後年になって、彼の性格が〔……〕私の性格といろいろ似ているところから、私が彼の性格に興味を持ちはじめたとき、私がしばしば聞かされたのは、スワンが手紙を私の祖父によこすたびに(私の祖父と言ったが、当時はまだ祖父ではなかった、なぜなら、スワンの例の大きな恋愛事件がはじまったのは、私の生まれるころのことで、その事件のために、長いあいだ、そんな手紙のやりとりは中断された)、封筒の上書にこの友だちの筆跡を認めた祖父が、つぎのように叫んだということであった、「またスワンが何かたのんできたぞ、用心、用心!」(I-191)

このように、「スワンの恋」の部分も、あくまで語り手「私」が自分自身で聞き知ったこととして語っているのであって、つまりは語り手「私」の意識内容にほかならない。

『失われた時を求めて』という小説世界があくまで語り手「私」自身の意識内容、すなわち「私」が見たり、聞いたり、経験したりした事柄から構成されているという原則を貫くために、かなり無理をしているところ、不自然になってしまっているところも少なくない。たとえば、いわば〈覗き〉の場面。そのひとつは「コンブレー」に出てくるエピソードで、「私」は、モンジューヴァンのヴァントゥイユ氏の家を見下ろす斜面の茂みから、ほとんど至近距離で、部屋のなかでヴァントゥイユ嬢と女友だちが演ずる同性愛のシーンを目撃する。

窓がなかば開いており、明かりも点いていたので、私からは、彼女には見られることなく、彼女の一挙一動がすっかり見えるのだが、今この場を立ち去ろうとして、茂みをがさがさいわせたら、彼女に聞こえてしまい、様子をうかがうために、ここに隠れていたと思われたことだろう。

(I-157)

ほかのふたつは、いずれもシャルリュス男爵の同性愛の場面を目撃するエピソード。ひとつはパリのゲルマント公爵邸のジュピアンの店でふたりが同性愛に耽っているところを隣の空き部屋から覗く場面(III-10, 11)。もうひとつは、戦時下のパリで、たまたま立ち寄ったホテルでのこと。

暗がりのなかを、私は忍び足でその丸窓のところまでたどり着いた。するとそこから、岩に縛りつけられたプロメテウスのように、ベッドに縛られ、本物の釘が植わっている皮の鞭でモーリスに叩きすえられ、すでに血まみれになり、しかもそんな拷問がはじめてではないことを証拠立てる血斑に被われたシャルリュス氏の姿を、目の当たりにしたのだ。

(IV-394)

これほどうまく偶然が重なったり、また〈覗き〉のための格好の条件が揃ったりすることはふつうでは考えられないし、そもそも、それまでして他人の秘密や醜態を覗き見ること自体、まさに覗き見趣味を疑われるところだが、ともあれ、「私」自身にこれらの場面を目撃させるためにこそ、そうした無理や不自然さを敢えて冒しているのである。つまり、「私」に敢えてこうした〈覗き〉をやらせていることも、すべては「私」の意識内容であるという原則を貫くためなのである。

このように、『失われた時』の小説世界がすべて語り手「私」の意識内容であるとすれば、語り手「私」自身は世界のどの場所にも、またどの時代にも属さないし、したがってまた、「私」には名前もなければ、肉体的外貌も戸籍簿もありえない。そもそも、世界は「私」の内部にあるのであって、「私」の限界がそのまま世界の限界なのである。

『失われた時を求めて』が、語り手「私」の語る言葉によって紡ぎ出される世界、つまりは語り手「私」の意識内容として、「私」の内部にある世界であるとすれば、この世界における時間のあり方もまた、いわゆる客観的時間のそれではありえない。そしてこのことは、この作品における物語のあり方の特異性として現われている。この問題について大きな示唆を与えてくれるのは、「フロベールの〈文体〉について」というエッセーである。プルーストはそのなかで、「私の考えでは、『感情教育』のなかでもっとも美しいのは、文章ではなく、ひとつの空白である」と言い、この作品における空白、つまりはある場面とつぎの場面とのあいだに置かれている切れ目に着目する。それは「とてつもなく大きい〈空白〉」であって、「時の刻みは、ほんとうに一足飛びに数十分単位から数年単位、数十年単位で変わってしまう」のであり、しかもそのふたつの場面のあいだには何ら筋のつながり（つまりは事実同士の前後関係や因果関係）のようなものは認められない。この場面転換の独自性は、たとえばバルザックの小説のそれと比較すれば、いっそう明らかになるだろう。バルザックにおいても場面の急転換は見られるが、「彼においては、時のこの変化は、筋を運ぶ、あるいは記録するという性格を持っている」。こうした指摘のあと、プルーストはみずからの小説に言及して、つぎのように述べる。

あるひとたちは、よく文芸に通じたひとでさえも、「スワン家の方へ」のなかにはヴェールで隠されてはいるが厳密な構成があることを見誤って〔……〕私の小説はいわば観念連合の偶然の法則にしたがってつながっている思い出を集めたようなものだと信じ込んだ。このでたらめな主張を裏づけるために、彼らは、紅茶に浸したマドレーヌのかけらが、私に（少なくとも「私」と言っている語り手に——だが、それはかならずしもこの私のことではない）作品の冒頭では忘れられていた生涯の一時期をすっかり思い出させるという場面を例に引いたのだった。私は作品の最後の巻〔……〕で、無意識の再記憶のうえに私の全芸術論を据えるのだが、今この無意識の再記憶に私が見出した価値はさておき、ただ構成という観点だけに絞れば、要するに、私はひとつの面から別の面に移るのに、事実を用いずに、継ぎ目としてもっと貴重と思われるもの、つまりはひとつの記憶現象を用いたということなのである。（CS-598, 589）

じっさい、『失われた時』は、夜中に目を覚ました「私」が昔のことをあれこれ思い出すという形で語られている。

〔……〕私の記憶にはもうはずみがつけられていた。そうなると、たいてい私は、すぐにはふたたび眠ろうとせず、昔の私たちの生活、すなわちコンブレーの大叔母の家や、バルベックや、パリや、ドンシエールや、ヴェニスや、さらに他の場所での生活を思い出し、さまざまな土地、そこで知り合ったひとたち、そのひとたちについて見たことや聞かされたことを思い出して、夜の大部分を過ごすのであった。(I-9)

しかもこのことは、その後も、しばしば強調されている。まずは「就寝のドラマ」の最後に置かれた文章。

長いあいだにわたって、私が夜中に目を覚まし、コンブレーを思い出していたときに、ふたたび見えてきたのは、そんなふうに、濃い闇からそこだけくっきり浮かび上がった光の断面でしかなく〔……〕(I-43)

つぎは、「コンブレー」の最後。

こんなふうにして、私はしばしば朝まで想い続けるのであった、コンブレーの時代のことを、眠れなかった悲しい夜のことを、またもっと最近になって一杯の紅茶の風味から――コンブレーでは「香り」と呼ばれたであろうものから――映像が蘇ったあの多くの日々のことを、そしてまた、回想の連合によって、この小さな町を去ってからずいぶん年月が経って私がくわしく知ったスワンの恋に関することを。（I-183,4）

つぎは、「土地の名――名」の冒頭箇所。

眠れない夜に私がもっともひんぱんに思い浮かべた部屋のなかでも、バルベックの海浜グランド・ホテルの部屋ほど、コンブレーの部屋に似ていないものはなく〔……〕（I-376）

このように、『失われた時』の数多くの場面のそれぞれが、夜中に目を覚ました「私」の回想として語られているということは、それらの場面をつなぐ事実の因果関係は存在しないということ、つまりはそれらの場面を包括する客観的時間は流れていないということを意味する。要するに、『失われた時』が描いているのは、外部の世界、客観的世界ではないということである。すでに見たように、無意志的記憶によって蘇った過去とは、もともと「私」の内部にひそんでいた現実なのである。これらの現実は、みずからの現実性ないし真実性を維持するのに、事実による因果関係の支えを必要としない。というのも、これらの現実は世界の原点から直接生まれたものであり、そのひとつひとつが世界の根源に深く根を下ろしている生きた現実なのである。

このうえもなく単純な身ぶりや行為が、密封した千の瓶のなかに閉じ込められるようになって残っており、その瓶のひとつひとつには、絶対に他とは異なる色や匂いや気温を含むものが、いっぱいに詰まっているだろう。〔……〕回想は、忘却のせいで、それ自身と現在の瞬間とのあいだに、何の関係を結ぶことも、どんな鎖の輪でつなげることもできなかった、そしてまた、回想は自分の場所、自分の日付にとどまったまま、いつまでも、ある谷間の窪道に、ある峰の頂に、その距離、その孤立を保ち続けてきた、というのが事実であるとしても、その回想は、不意に私たちにある新しい空気を吸わせてくれるのであって、しかもそれは、その空気がまさしくかつて私たちが吸った空気だからなのである。

(IV-448, 449)

記憶は、過去を変容させることなく、それがかつて現在であったそのままの姿で現在に導き入れることによって、まさに〈時〉のあの巨大な広がりを、それにしたがって人生が実現されていくところのあの広がりを、廃してしまうのである。

(IV-608)

『失われた時』は、こうした唯一無二の現実、絶対の差異としてある現実が、それぞれに孤立を保ちつつ、語り手「私」の意識という〈永遠の今〉において、同時併存している世界なのである。

II　内部の世界

あるいは、つぎのような反論があるかもしれない。『失われた時を求めて』の一人称の語りについては、以上述べたことがほぼ妥当するとしても、それは要するに、プルーストがひとつの主観的世界あるいは内部の世界を描いたということにすぎず、そのそとには、外部の世界、客観的世界が厳然として存在するのだ、と。たしかに、外部の世界、客観的世界というものは想定しうるし、じっさい、私たちはたいていの場合、外部の世界、客観的世界こそ真実の世界であると考えており、また外部の世界、客観的世界を生きていると信じている。もちろん、プルーストもそうしたことを知らないわけではない。だがプルーストは、主観的世界、内部の世界こそが真実の世界、つまり私たちが真に生きている世界であって、外部の世界、客観的世界とは、主観的世界、内部の世界から派生した世界、私たちがみずからの主観的世界、内部の世界をもとにして構成した抽象的世界なのだと考える。この逆転こそが、プルーストの根本思想であり、プルーストはその根本思想を『失われた時を求めて』という小説の形で表現し、また実現したのである。それは、古今東西の小説を通じて、前代未聞のことであろう。

私たちは主観的世界、内部の世界を生きている、主観的世界、内部の世界こそ真実の世界である、という考えは、作品のいたるところで述べられている。

しかし、毎朝目覚めるのは、たったひとつの世界ではなく、それこそ何百万という世界、人間の瞳や理性とほとんど同じ数だけ存在する世界なのだ。（III-696）

あるひとと私たちとの絆は、私たちの思考のなかにしか存在しない。〔……〕人間は自分から抜け出せない存在であり、自分のなかでしか他者を知らない存在なのに、そうではないと言って、嘘をつく。（IV-34）

私たちの感覚世界という建物を支えているのは、つねにひとつの見えない確信であり、その確信がなくなると、その建物は揺らぐ。（IV-29）

この世界は、私たちひとりひとりにとって、一度に決定的に創られたものではない。（IV-58）

世界の創造は最初に一度だけ行われたのではない、今も毎日行われているのだ。（IV-248）

私たちが感じる事柄は私たちだけにしか存在せず、私たちはそれを過去にも未来にも投影する。(IV-109)

私にとって事物や人間が存在し始めるのは、私の想像力のなかでそれらが個別の存在になるときでしかなかった。(IV-94)

つぎのように言う哲学者もいる——外界は存在しない、私たちが自分の生を生きるのは、あくまで私たちの内部においてである、と。(IV-146)

しかし、主観的世界、内部の世界こそ真実の世界であり、私たちは主観的世界、内部の世界を生きているということは、そうした個々の文章において述べられているだけでなく、何よりもまず、作品冒頭の目覚めの場面で具体的に示されている。

長いこと、私は早い時間に寝ていた。ときには、ろうそくを消すと、すぐに目がふさがってしまい、「眠るんだな」とつぶやくひまさえないこともあった。それから、三十分もすると、そろそろ眠らなくてはと思い、目が覚めるのだった。まだ手に持ったつもりでいる本を置こうとし、明かりを吹き消そうとしたが、ちらと眠ったあいだも、さっき読んだことが頭のなかをめぐり続けていた。しかし、そのめぐり方は少し特殊な方向に曲がってしまって、私自身が、本に出てきた教会とか、四重奏曲とか、フランソワ一世とカール五世の抗争とかになってしまったように思われるのだった。（I-3）

この場面は、誰もが目覚めたばかりの瞬間に経験する意識の混乱や混濁を描いたものであり、取り立てて問題にするには当たらないと言われるかもしれない。しかし、何千ページにもわたる長大な小説の冒頭に、このような場面を敢えて置いていることの意味を考える必要があるだろう。作者プルーストは、この場面を単なる一エピソードとして描いているわけではけっしてない。それどころか、こうした目覚め時の意識の混乱や混濁は、私たちが本来生きているはずの主観的世界、内部の世界を原初の形において示しているのだ。

以上の引用文からも、主観的世界、内部の世界の特徴がはっきり現われている。ひとつは主体と客体の融合であり（「私自身が、本に出てきた教会とか、四重奏曲とか、フランソワ一世とカール五世の抗争とかになってしまったように思われる」）、もうひとつは時間のもつれである（「三十分もすると、そろそろ眠らなくてはと思い、目が覚めるのだった」）。

主体と客体の融合に関しては、さらにつぎのような具体的かつ詳細な記述がある。

ときには、あたかもアダムの肋骨からイヴが生まれたように、眠っているあいだに、ひとりの女が私の寝違えた腿から生まれてきた。その女は私自身が味わおうとしている快感から作られたものであるのに、その女が快感を提供してくれていると私は想像するのであった。私の肉体はその女の肉体のなかに私自身の体温を感じ、その女の肉体とひとつになろうとして、目が覚めるのだった。
(I-4,5)

時間のもつれについては、さらに細かい分析がなされている。

眠っているひとは、時間の糸、歳月や世界の秩序を、自分のまわりに輪のように巻きつけている。目を覚ますとき、ひとは本能的にそれにあたって、自分が占めている地点と、目が覚めるまでに流れ去った時間とを、一瞬のうちにそこに読み取るのだが、そうした糸や秩序は、よくもつれたり切れたりすることがある。不眠の夜を過ごしたひとが、明け方近くなり、本を読みながら、いつもの眠る姿勢とはひどく違った姿勢で眠りに襲われるような場合、そのひとの片腕が持ち上げられるだけで、太陽の歩みを止めたり、引き返えさせたりすることができるので、目が覚めた最初の瞬間には、時間がすっかり分からなくなってしまい、たった今寝についたばかりだと思ったりするだろう。さらにもっと具合の悪い変わった位置、たとえば夕食後、肘掛椅子に腰掛けてまどろむようなときには、脱線した世界のなかで、すべてがひっくり返り、魔法の肘掛け椅子がそのひとを乗せて時間と空間のなかを全速力で駆け巡るだろう。
(I-5)

そうした時間のもつれは、同時に空間の混乱をもたらし、さらには当人自身の自己同一性の混乱さえもたらす。

しかし私の場合、肘掛椅子でなく、ベッドに寝ていても、睡眠が深くなり、精神の緊張が完全にゆるむだけで、私の精神は、自分が眠り込んだ場所がどこか分からなくなっていた。そんなふうに真夜中に目が覚めるとき、自分がどこにいるのか分からないばかりか、最初の瞬間には、自分が誰なのかさえ分からなかった。私は動物の体内にうごめくような単純な生の感覚を、原始的に保っているにすぎなかった。私は穴居人よりもさらに空虚な状態であった。(I-5)

ここで改めて強調しなければならないが、作者はこうした目覚め時の「私」の意識のあり方を、単に意識の混乱、混濁、錯覚として描いているわけではない。むしろそれは、私たちの意識の原初のあり方なのである。つまり、私たちがふつうに生きていると思っている外部の世界、客観的世界なるものも、こうした原初の意識のなかから構成されたものにほかならない。たとえば、時間・空間に関しても、私たちは「時間の糸、歳月や世界の秩序を、自分のまわりに輪のように巻きつけている」からこそ、自分が今どこにいるかが分かるのだが、その「時間の糸、歳月や世界の秩序」は、どこまでも私たち自身の精神の産物である。世界が自分のそとに確固として存在するという私たちの信念も、あくまで私たち自身が作り出しているのだ。

私たちのまわりにある事物の不動性は、それらがその事物であって、他の何ものでもないという私たちの確信、つまりその事物に対する私たちの思考の不動性によって、それらに押しつけられているのであろう。（I-6）

しかし、私たちの意識、私たちの精神は、「時間の糸、歳月や世界の秩序」を、つまりは外部の世界、客観的世界なるものを、さらには自分自身の自己同一性を、まったくの無から作り出すわけではない。そうではなく、原初の自己＝〈私〉は、すでに見たように、世界の始まりの〈場〉、世界の原点として、過去・現在・未来の時間を含めて、世界全体を自分のうちに包摂しているからこそ、私たちはそこから外部の世界、客観的世界を構成することができるのだ。

私たちは主観的世界、内部の世界を生きている、いわゆる外部の世界、客観的世界は私たちの意識や精神が作り出したものである、ということについては、目覚めの場面だけでなく、あまり目立たないとはいえ、作品のあちこちにその例証がちりばめられている。

しかし、生活のまったく取るに足らない事柄に関しても、私たちは、たとえば契約した物品の明細書とか遺言書とかのように、誰でもそれを見るだけでよく分かる、誰にとっても同一である、といったふうに、もっぱら物質的に構成されたものではなく、私たちの社会的人格は他人の思考によって作られたものなのだ。「知っているひとに会う」と私たちが呼んでいるまったく単純な行為にしても、ある程度は知的行為である。会っているひとの肉体的外観に、私たちは自分がそのひとについて持っているすべての概念を注ぎ込む。それゆえ、私たちが思い描く全体の相貌のなかでも、それらの概念がたしかに最大の部分を占めることになる。（I-18, 19）

このように、他者の存在が私たちの思考によって作られたものであり、他者は私たちがそのひとについて作り上げた概念として存在するということは、言い換えるなら、他者は私たち自身のそとに客観的に存在するのではなく、私たちの内部に存在するということにほかならない。少なくとも、私たちは他者を私たち自身の内部に存在する概念としてしか知ることはできないのだ。

たしかに、私の家族は、自分で組み立ててしまったスワン像のなかに、彼の社交生活の無数の特性を組み込むことができなかった。彼の社交生活をまったく知らなかったからである。いっぽう、そんな特性を知っている人びとは、彼のまえに出たとき、エレガンスが彼の顔全体に広がっており、それが鷲鼻の先で、そこが自然の境界でもあるように、ぴたりと止まっているのを目にしたのであった。そのかわりに、私の家族は、彼の威信を損ねている、空虚な、だだっぴろいその顔のなかや、お世辞にも魅力的とは言えないその目の奥に、私たちが田舎のよき隣人として生活していたあいだ、毎週私の家の夕食後に、カルタ・テーブルのまわりや庭で、彼といっしょにすごした暇な時間の、漠とした甘美な残留物——なかばは記憶、なかばは忘却——を沈殿させていたのである。（I-19）

それゆえ、「そののち私が正確に知ったスワンから、私の記憶のなかで、この最初のスワンに移るときには、ひとりの人物と別れてもうひとりの人物のところへ行くような印象を持った」ほどである。あるいは、少年の「私」が庭で読書をしているときに覚えた奇妙な感覚。

それに、私の思考もまたひとつの部屋のようなもので、その奥にいると、そとの様子をうかがうためにそうしているのであっても、自分がそこにもぐりこんでいるように感じたのではなかったか。私が外部にあるひとつの対象を見ていたとき、それを見ているという意識が、私とそれとのあいだに残って、薄い精神の縁で対象をかがり、そんな縁にさまたげられて、私は対象そのものに直接に触れることがどうしてもできなかった。対象は、私がそれに接触しないうちに蒸発してしまうのであって、たとえば、濡れた物体に白熱の物体を近づけたとき、つねに蒸発帯に先行されているために、相手の湿気に触れないのと同じことである。（I-83）

私たちはふつう、自分自身の意識作用に気づかず、私たちは外部の世界をそのまま感知する、というより、外部の世界に生きていると思っているが、じつはけっしてそうではないのだ。私たちにとって、世界は私たちがそれを意識したかぎりにおいて存在する。しかもそれは、あらかじめ外部の世界があり、その外部の世界からの情報や感覚を私たちの意識が捉えることによって、その外部の世界を再構成するということではない。世界はもともと、私たちの意識のなかにしか、あるいは私たちの意識内容としてしか、存在しないのである。だから、私たちの意識が、自分のそとに実在すると想定される対象に直接触れようとしても、意識が触れるまえに、その外部の対象は蒸発してしまうのである。

このように、私たちにとって、世界は私たち自身の意識のなかに、その意識内容として存在する。言い換えれば、私たちにとって、世界と世界にあるすべての存在は、私たちがそれらの存在について作り上げた概念、あるいはイメージとして存在する。いかなる存在であれ、私たちにとって、それが存在するのは概念として、あるいはイメージとしてであるとすれば、私たちが実際の生活で出会った事物や人間であれ、本のなかに登場した事物や人間であれ、その存在性はまったく等価だということになる。

たしかに〔私が読んでいた本のなかで起こる事件に〕関係していた人物は、フランソワーズが言うように、〈実在の〉人物ではなかった。しかし、実在の人物の喜びまたは不幸が私たちに感じさせる感情も、すべてその喜びまたは不幸のイメージを仲介にしてしか、私たちの心に湧き起こらないものなのだ。私たちの感動装置では、このイメージが唯一の本質的要素なのである。最初の小説家は、そのことを利用して、実在の人物をすっかり消し去ってしまうといった単純化こそ決定的な完成であろうと考えたのだが、まさに卓見であった。実在の人間は、私たちがその人間にどんなに深く共感しても、その大部分は私たちの感覚で知覚されるから、私たちには不透明なままであり、それが私たちの感受性には持ち上げられない重荷になってしまうのである。不幸がその人間を襲ったとしても、そのとき彼の不幸に私たちが心を痛めるのは、彼について私たちが持っている概念の総体の一部分においてでしかないだろう。同様にまた、彼自身が自分の不幸に心を痛めるのも、彼が自分について持っている概念の総体の一部分においてでしかないだろう。精神が入り込めないそうした多くの部分を、等量の非物質的な部分に、つまり私たちの精神が同化することのできるものに、置き換えることを思いついたところに小説家のたくみな発見がある。

(1-84)

だからこそ私たちは、現実生活よりも、本で読んだ小説の世界に、より大きな感動を覚え、より強い現実性を感じることがありうるのだ。

それゆえ、小説中の非物質的な人間たちの行動や感動が、私たちに真実と見えてくることに何の不思議があろう。なぜなら、私たちはそんな行動や感動を自分のものにしてしまったのだから。じっさい、それらが生じたのは私たちの心のなかであり、熱に浮かされたように本のページを繰

っているとき、私たちの呼吸の速さや視線の鋭さは、彼らの行動や感動にすっかり支配されたままなのである。（I-84）

このように、私たちにとって、世界が存在するのは、また世界のあらゆる事物や人間が存在するのは、私たちの内部において、私たちの意識内容として、つまりは概念あるいはイメージとしてなのである。私たちはあくまで主観的世界、内部の世界を生きているのであって、外部の世界、客観的世界のなかに生きているのではない。外部の世界、客観的世界とは、私たちが生きている主観的世界、内部の世界をもとにして、それを抽象化・概念化した世界にほかならないのだ。

私たちは私たち自身の主観的世界、内部の世界を生きており、しかも、この世界から私たちは一歩もそとに出ることはできない。というのも、すでに述べたように、〈私〉の限界は世界の限界であり、世界の限界は〈私〉の限界であって、両者はぴたりと重なるからである。

とはいえ、私たちが生きている主観的世界、内部の世界が存在するすべてであって、この世界には外部というものが存在しないというわけではない。たしかに、私たちはみずから生きている主観的世界、内部の世界から一歩もそとに出ることはできないが、自分自身の世界のほかに、別の世界があることは想定できる。別の世界とは、ほかでもなく、他者の世界である。

私たちはふつう、他者は自分のそと、外部の世界、客観的世界に存在し、その世界で出会うことのできる存在であると考えている。しかし、そうして出会い、知ることのできた他者とは、すでに見たように、あくまで私たちが捉えたかぎりでの、つまり私たちが自分の内部において概念化し、イメージ化したかぎりでの存在でしかない。それゆえ、私たちはいかに努力しようと、真の他者を捉えることと、真の他者に到達することはけっしてできない。

私たちが私たち自身の主観的世界、内部の世界を生きているのと同じように、他者は他者自身の主観的世界、内部の世界を生きており、それぞれの世界はけっして互いに重なることはないのである。たとえいかに深く愛し合っている者同士であっても、ふたりの世界はけっしてひとつになることはありえないのであって、ふたりが完全にひとつになることに恋愛の理想があるとすれば、プルーストが繰り返し述べているように、恋愛ははじめから不可能を運命づけられていると言わねばならない。要するに、他者とは永遠に到達不可能な別の宇宙なのである。

他者は自分とはまったく別の世界を生きている、あるいは他者とは別の宇宙であるという事実に、主人公「私」は、子供の頃から、薄々気づいている。

その秋の私の散歩は、長時間じっくり本を読んでから出かけることにしていただけに、いっそう快適だった。昼のあいだ、ずっと広間で読書をして疲れてくると、いつものプレードを肩にひっかけてそとに出るのだが、長いあいだ、じっとさせられていた私の体は、それまでに蓄えられた活力と速力ではちきれそうになり、手から離れた独楽のように、早速、その力を四方八方に発散させる必要にせまられるのであった。家々の壁、タンソンヴィルの生垣、ルーサンヴィルの森の木々、モンジューヴァンのすぐ後ろの灌木の茂みは、私の雨傘やステッキで、ぴしぴしと叩かれながら、私の歓声を浴びるのであった。〔……〕そこへひとりの農夫が通りがかり、いかにも機嫌をそこねている様子に見えたところへ、私が振っている雨傘があやうく顔に当たりそうになったために、いっそう機嫌をそこね、「いい天気になったじゃありませんか、歩くのは気持ちがいいですね」という私の挨拶に、不愛想に答えたが、その農夫のおかげで、同じ感動が、予定されていた順序にしたがい、すべての人びとの心のなかに同時に起こるものではない、ということを私は知った。もっとあとのことだが、少し長い読書のあと、ひととしゃべりたくなるたびに、私がぜひ話し相手になってほしいと思い、会いに行った友人は、会話の楽しさに夢中になっていた直後で、今はひとに妨げられずに静かに本を読ませてほしいと思っているのであった。また、私が両親のことが急にいとしくなり、彼らを喜ばせようとして、いかにも孝行息子らしい殊勝な決心をするたびに、両親のほうでは、私自身が忘れていたささいな過ちのことを聞きだしたばかりで、私が接吻しようと彼らのところへ飛んで行ったとたん、それをきびしく咎めるのだった。

(I-152~4)

私たちがそれぞれ別の世界、別の宇宙に生きていることを端的に示すのは、たとえば、つぎのエピソードであろう。主人公「私」は、友人サン゠ルーの恋人ラシェルにはじめて会うが、じつは以前に彼女に会っていたことに気づく。

突然、サン＝ルーが愛人を伴って現われた。そのとき、彼にとって愛のすべてであり、人生における可能なすべての甘美さであり、まるで聖櫃に入っているかのように、肉体のうちに閉ざされたその神秘的な個性をめぐって、私の友が想像力を絶えず働かせている対象であり、彼がけっして知りえないと感じている相手であり、その眼差しや肉体のヴェールのかげにどんな正体が隠されているのかと彼が自問してやまない愛人であるこの女性のなかに、私は一瞬にして認めたのだ、あの「ラシェル・カン・デュ・セニョール」を。彼女こそ、数年前に〔……〕娼家のおかみに、こう言っていた女であった、「それでは、明日の晩、どなたか私に御用でしたら、私を呼びに来てくださいね。」（II-456）

このように、「私」にとってはただの娼婦、「機械仕掛けのおもちゃに過ぎなかった」ラシェルが、サン＝ルーにとっては「無限の苦しみ」、「生の価値そのもの」の対象になっていたのだ。しかし、「私」にとってのラシェルとサン＝ルーにとってのラシェルのどちらが本物のラシェルなのかということは問題になりえない。どちらも実在であり、真実とも言えるし、どちらも錯覚であり、幻想にすぎないとも言える。というのも、「私」にとってラシェルは「私」の主観的世界、内部の世界にしか存在しないのだし、サン＝ルーにとってはサン＝ルー自身の主観的世界、内部の世界にしか存在しないのであって、それぞれにとってのラシェルはまったく別個の存在、別の世界、別の宇宙に属する存在なのである。
私たちが自分だけの世界、それぞれの内部の世界に生きているということに関して、もうひとつ、よくある身近な例を挙げてみよう。

物事は、通常、現実にあるがままの形で私たちに現われている、たとえば、名前は書かれている通りに現われているし、人びとも写真や心理学が与えてくれる不動の観念の通りに現われていると信ずるのは、私たちの大きな過ちである。私たちはふだんけっしてそんなふうに物事を知覚してはない。私たちはこの世界を、つねに歪めた形で見、聞き、把握している。名前にしても、私たちは自分の耳が聴き取ったままに口で繰り返しているのであって、経験によってその間違いを正すこともあるが、つねにそうなるとはかぎらない。コンブレーでは、二十五年ものあいだ、誰もがサズラ夫人のことを「サズラ夫人」とフランソワーズに言い続けていたのに、フランソワーズは「サズラン夫人」と言い続けた〔ただし、「スワン家のほうへ」では、この間違いをするのは、フランソワーズではなくユーラリになっている〕。たしかにフランソワーズは、自分の間違いに対して、頑固な誇りをもって固執し、その固執は彼女の心のなかで習性となり、こちらが抗弁するとかえって強まるという傾向があったが〔……〕彼女が「サズラン夫人」と言い続けたその間違いの理由は、彼女の習性となった固執によるのではなく、じっさいに彼女の耳にはいつも「サズラン」と聞こえていたからなのだ。この永続的な間違いは、それこそまさに〈人生〉だと言えるが、そんな間違いが無数の形で起こるのは、単に視覚や聴覚の世界においてだけでなく、社会、感情、歴史の世界においてもそうなのだ。

（IV-153, 154）

それでは、私たちがそれぞれに生きている主観的世界、内部の世界が互いに結びつき、理解し合える可能性はまったくないのだろうか。言い換えれば、私たちが自分自身の世界から出て、他者の世界に入り込むことは永久にできないのだろうか。プルーストは、その唯一の可能性を芸術創造に見出している。それは、優れた芸術作品だけが、私たちが生きているそれぞれの主観的世界、内部の世界を表現しているからである。

作家にとっての文体は、画家にとっての色彩と同じく、技術の問題ではなく、ヴィジョンの問題である。文体は、この世界が私たちひとりひとりにどう現われるかという、その現われ方の質的差異の啓示〔……〕なのである。その差異は、芸術が存在しなければ、ひとりひとりの永遠の秘密に終わってしまうだろう。ただ芸術によってのみ、私たちは自分自身から出て、他者がこの宇宙をどう見ているかを知ることができる。他者が見ているその宇宙はすでに私たちの宇宙と同じものではなく、その風景もまた、芸術なくしては、月に行かなければ見られない風景のように、私たちにはいつまでも未知のままだろう。芸術のおかげで、私たちは、ただひとつの世界、自分の世界だけではなく、数多くの世界を見ることができる。つまり、独創的な芸術家が出現したそ

の数だけ、私たちはさまざまな世界を自由にながめることができるのだ。（IV-474）

芸術は、個人と呼ばれる世界、芸術なしにはけっして知ることのできない世界の内的構造を、スペクトルの色を通じて外在化する。〔……〕たとえ私たちが火星や金星に行ったとしても、同じ感覚を持ちつづけているなら、そこで見るだろうすべてのものに、私たちの感覚は地球の事物と同じ外観をまとわせてしまうにちがいない。唯一の真の旅、唯一の若返りの泉の沐浴は、新しい風景を見に行くことではなく、他者の目を持つこと、他者の目、百の他者の目をもって宇宙を見ること、彼らひとりひとりが見ている宇宙、彼ら自身であるところの百の宇宙を見ることであろう。〔……〕音楽こそは〔……〕ありうべき魂のコミュニケーションの唯一の例ではなかっただろうか。（III-762, 763）

III 〈私〉とは何か

以上のように、私たちはそれぞれ自分だけの主観的世界、内部の世界を生きている。しかし、ここで言う主観的世界、内部の世界とは、たとえば、実社会で挫折した人間、現実世界に生きることに飽きた人間が、実社会、現実世界から逃避して閉じこもる内面の世界といったものではない。それどころか、私たちがふつう非現実的世界、想像的世界と見なしている主観的世界、内部の世界こそ、私たちがほんとうに生きている真実の世界なのである。ところで、主観的世界、内部の世界とは、〈私〉の世界である。つまり、世界が〈私〉であり、〈私〉が世界なのである。

最初に見たように、この〈私〉とは、世界の始まりの〈場〉であり、世界の原点そのものの意識である。しかしそれは、世界の始まりの〈場〉として、たまたま〈私〉が選ばれたということではない。〈私〉が世界の始まりの〈場〉であるということは、〈私〉こそ世界が存在する絶対条件であるということである。〈私〉なくして世界は現われない。というのも、何かが現われるのは、誰かに現われるのであって、この誰かがいなければ、〈現われる〉ということは意味をなさない。しかしその〈誰か〉とは、〈私〉以外ではありえない。

このように、世界が現われること、世界が存在することと、〈私〉が現われること、〈私〉が存在することとは、〈現われる〉あるいは〈存在する〉という、同じひとつの根源的現象の両面である。しかし、〈現われる〉あるいは〈存在する〉という根源的現象は、いつ、どこで、どのようにして生じるのか。それは〈今〉においてであり、〈今〉を成立させるという形においてである。じっさい、〈私〉も世界も、〈今〉においてしか現われないし、存在しえない。〈今〉こそ、〈私〉と世界が現われ、存在する〈場〉なのである。しかし、〈今〉は、恒常的、不動的状態ではない。〈今〉は絶えず消滅し、絶えず蘇る。つまり、〈今〉は、それを絶えず在らしめる活動なくして存在しえないのである。

〈今〉なくして、世界もなく、〈私〉もない以上、〈今〉を在らしめる活動こそ、まさしく始原であり、すべての根源である。逆に言えば、世界の根底、〈私〉の根底には、〈今〉を在らしめるということの根源的活動が絶えず行われているのであり、この根源的活動によってはじめて、世界も〈私〉も存在する。ただし、無数の人間が存在する、つまりは無数の〈私〉が存在する以上、〈今〉も無数に存在するはずである。いたるところで、〈今〉を在らしめる活動が行われているからこそ、無数の人間、無数の〈私〉が存在するのであり、それゆえまた、無数の世界が存在するのだ（人間以外の動物、さらには植物なども〈私〉として存在し、それゆえ、それぞれの世界を持つ可能性もあるだろうが、その問題はここでは留保する）。この間の事情を、たとえば西田幾多郎はつぎのように述べている。

〔……〕すべての時を限定する絶対的現在というべきものは、周辺なくして到る所に中心を有つ絶対無の自覚的限定ということができる。かかる意味に於いて絶対的現在と考えられるものは何処にても始まり、瞬間毎に新たに、いつでも無限の過去、無限の未来を現在の一点に引き寄せることのできる永遠の今ということができ、時は永遠の今の自己限定として成立すると考えることができる。

（『西田幾多郎全集』（旧版）岩波書店、第六巻、一八八頁）

ここでいう「絶対的現在」とはまさしく、先に見た意味での〈今〉のことであり、しかも、「周辺なくして到る所に中心をもつ絶対無の自覚的限定」である「絶対的現在」は「何処にても」、「毎瞬毎に新たに、いつでも」始まる「永遠の今」なのである。

それゆえ、〈私〉が存在すること、そして〈私〉の世界が存在することとは、何ら特権的なことではなく、まさに万人に平等に与えられた普遍的にして平凡な事柄にほかならない。そもそも、〈私〉が存在することも、〈私〉の世界が存在することも、私たち人間自身の力によるものではまったくない。それは純粋に受動的事実である。しかし、私たちの誰しもが平等に生きている〈今〉において、つまりは私たち自身の真の自己である〈私〉の根底において、〈私〉と〈私〉の生きる世界を在らしめる根源的活動が行われていることの意味はけっして小さくない。まずは、この根源的活動が行われているからこそ、私たちは誰もが絶対の個、唯一無二のかけがえのない存在なのである。というのも、私たちの真の自己である〈私〉は、この根源的活動によって、まったくの無から在らしめられているのだ。〈私〉の世界が「質的差異」あるいは「真の差異」の世界であるのも、この根源的活動のゆえである。

なぜなら、このとき、ヴァントゥイユは、新しくあろうと力を尽くしながら、自分自身に問いつめ、あらんかぎりの創造意欲をふりしぼって精神の内奥にひそむ自分自身の本質に達したのであり、そこではどんな問いを課そうとも、彼の本質が同じ響きで、つまりはそれ固有の響きで、これに応えるのである。ひとつの響き、このヴァントゥイユの響きは、ふたりの人間の声の違いも、また二種類の動物の鳴き声のあいだに見られる違いさえも、はるかに及ばぬ大きな違いによって、他の作曲家の響きからへだてられている。それこそ真の差異（une véritable différence）であって、それはある音楽家の思考とヴァントゥイユが行う永遠なる探求とをへだてる差異にほかならない。〔……〕ひとつの響きと私は言った。なぜなら〔……〕それはまさしく唯一無二の響きであって、独創的な音楽家であるかの歌匠たちがみずからを高めていくのも、あるいはまた、彼らがわれ知らず立ち返っていくのも、この響きに向かってなのである。そしてこの響きこそ、魂が何ものにも還元されない独自の存在であることの証しなのである。（III-760, 761）

さらに言えば、〈私〉の根底において〈今〉を在らしめる根源的活動が行われており、〈私〉もまたこの根源的活動から直接生まれている以上、この根源的活動こそ、〈私〉という存在の根拠にして根源なのである。それゆえ、私たちがこの〈私〉に真に立ち戻ることができるならば、私たちは自分自身の根拠・根源に直接触れることができるはずであり、私たちにとって、それ以上の喜び、それ以上の幸福はありえないだろう。主人公「私」が、無意志的記憶の現象を通じて味わった大きな喜び、至上の幸福感は、まさにそれであった。

だが、口に含んだお菓子のかけらの混じった紅茶が口蓋に触れたその瞬間、自分のうちに何か異常なことが起こっているのに気づいて、私は身震いした。ある甘美な喜び、孤立した、原因の分からない喜びが、胸いっぱいに広がっていたのである。その喜びに浸されると、たちまちにして、人生の有為転変は取るに足らぬこととなり、人生の災難は無害なものとなり、人生の短さは錯覚としか思われなくなっていた。それはちょうど恋と同じような作用を及ぼして、私をある貴重な本質で満たしてくれたのだった。あるいはむしろ、その本質は、私のなかにあるのではなく、私自身であった。もはや自分が、平凡で、偶然で、死すべき存在であるとは感じられなくなっていた。（I-44）

Ⅳ　原初の自己

人間とは何か、という問いに対しては、さまざまな答えがありうるだろう。知性・理性・分別を持つ動物、社会的・経済的・政治的動物、意志や感情や情念を持つ存在、主体的存在、等々。だがプルーストは、人間の本質とは〈私〉にあると考える。この〈私〉とは、世界の始まりの〈場〉そのものとしての意識存在である。言い換えるなら、この〈私〉は、世界が現われ、存在するための必須条件として、〈現われる〉、〈存在する〉ことそれ自体において、現われ、存在する。しかし、〈私〉が世界を現わし、在らしめているのではないように、〈私〉自身もまた、〈私〉自身の力によって現われ、存在しているわけではない。〈私〉は徹底して受動的存在であり、純粋な受容性をその本質とする。

ところが、こうした受動的存在であり、純粋な受容者である〈私〉が、ほぼ不可避的に主体に変貌する。主体に変貌した〈私〉こそ、私たちが通常そうであるところの自己にほかならない。主体となることによって、私たちは、〈私〉と〈私〉の生きる世界の真の主体であるところの根源的活動、すなわち〈私〉と〈私〉の生きる世界が現われる〈場〉としての〈今〉を在らしめる活動をおのずから否定することになる。主体となった人間にとって、世界はあくまで主体である自己の対象として、自己の外部に存在することになる、つまり世界は客観的世界となる。そして主体である人間は、対象として外部に存在する世界、客観的世界を支配し、所有し、管理しようとする。ただし、近代にいたるまでは、人間の主体性は、絶対の主体としての神の存在を意識することで、きびしく抑制されていた。ところが近代の人間中心主義というイデオロギーは、人間の主体性への抑制や歯止めを完全に取り払ってしまった。それ以来、科学技術と経済活動による人間の世界支配が進み、現代はその世界支配が貫徹されるにいたった時代だと言えよう。グローバリゼーションと世界市場化は、まさにそのことを物語っている。もはや、「個人と呼ばれる世界」、「質的差異」、「真の差異」の世界はどこにも存在しない。すべては取り換えのきく、かけがえのある存在にほかならず、複製であり、模造である存在だけが世界に氾濫している。現代の私たちは、真の自己、真の現実を失ってしまったのだ。

プルーストが生涯をかけて試みたのは、近現代の私たちが失ってしまった真の自己、真の現実を再発見することであり、『失われた時を求めて』という小説は、ふたたび見出した真の自己、真の現実の表現であり、実現であった。その過程において、導きの糸となったのが無意志的記憶の体験である。無意志的記憶とは、意志や知性が介在することなく、つまりは主体性が一時的に無効化されたその間隙を縫って、かつて生きたままの過去がおのずから蘇ってくる現象であるが、まさにそうした過去にこそ、真の現実と真の自己(つまり〈私〉)が宿っているのである。こうしてプルーストは、ほんの一瞬のことであれ、真の自己=〈私〉となり、真の現実を知り、生きることができたのだ。これが、プルーストを芸術創造に導いた原体験である。

プルーストが生きた時代よりもさらに人間中心主義が貫徹され、人間主体の支配が世界を覆い尽くしたかに見える現代においてなお、私たちは真の自己＝〈私〉にふたたび戻り、真の現実を生きることができるのだろうか。もちろん、それはとほうもなく困難なことではあるが、まったく不可能になってしまったわけではあるまい。そもそも、主体としての私たちからして、真の自己＝〈私〉を根底とし、この自己から派生しているのであって、私たちには意識されず、すっかり忘れ去られているとはいえ、この真の自己＝〈私〉はけっして死に絶えたわけではない。それゆえ、この真の自己＝〈私〉はほんのささいなことをきっかけとして蘇ることがある。

朝になると、顔はまだ壁に向けたまま、窓の厚いカーテンの上部に差し込むそとの光線の具合を見届けないまえから、その日がどんな天気か、私には分かっていた。表通りの最初の物音がそれを教えてくれるのであった。湿気が多ければ、物音は、鈍く、ゆがんで伝わってくるし、晴れわたって冷たく澄んだ朝は、さえぎるものがないよく響く空間を、物音は矢のように震えながら伝わってくる。そんなわけで、一番電車のすべり出しの音から、早くも私は、それが雨でかじかんでいるのか、それとも青空に向かって飛び立っていくのかを、聞き分けてしまうのだった。もしかすると、それらの物音を追い越して、何かもっとすばやく、もっと浸透性に富んだ発散物が先に届いているのかもしれなかった。そうした発散物は、私の睡眠に浸み込んできて、そこに雪を予知する陰鬱な気分を広げることもあるし、あるいはまた、私のなかに間歇的に蘇るひとりの小人に、つぎつぎに太陽の讃歌を歌わせ、それが、まだ眠りながらも微笑みはじめ、閉ざされたまぶたをまぶしそうに開こうとしている私に、音楽に包まれたうっとりするような目覚めをもたらしてくれることもあった。（III-519）

私たちひとりひとりの個人を構成している諸人格のなかで、もっとも目につくものが、私たちにとって、もっとも本質的なものだというわけではない。病気がそれらの諸人格をつぎつぎになぎ倒してしまったあとでも、より強靭な生命力を持つものが、二、三、残るだろう。とりわけ、ふたつの作品、ふたつの感覚のあいだに、ある共通部分を発見したとき、はじめて幸福になれるひとりの哲学者が生き残るだろう。しかし最後の最後に残るのは、〔太陽の讃歌を歌う〕件の小人ではあるまいかと、最近、私は時折考える。それは、コンブレーの眼鏡屋が天気を知らせるためにショーウィンドーのガラスのなかに飾っていたあの人形によく似ている。その人形は、日が差してくると、早速、そのカプチン修道士の頭巾を脱ぐが、雨が降りそうになると、またそれを被る。私は、この小僧がどんなに自分勝手であるか知っている。私が息のつまる発作に苦しみ、ただ雨の到来だけがそれを鎮めることができるという場合でさえ、その小僧のほうは、まったく無頓着である。そして、待ちに待った雨がようやく降り始めたときにも、その小僧はむしろ陰気になり、不機嫌そうに頭巾を被ってしまう。逆に、私の臨終が来て、私の他のすべての自我が死に、私が最後の息を引き取ろうとするときですら、そのお天気小僧は、もし日の光が差してきたら、いい気分になって頭巾を脱ぎ、浮き浮きして歌い出すにちがいない——「ああ、やっといいお天気になった！」

（III-522）

あとがき

本書は、一九九四年に刊行した『プルースト　瞬間と永遠』（洋泉社）に次いで、著者としては二冊目のプルースト論である。旧著ではプルーストの美学に焦点を当てたが、本書では『失われた時を求めて』を全体的・統一的に理解することをめざしている。そして、そのためにはプルースト自身の視点に立たねばならない、作者自身の視点に立つことが作品を正しく解釈することである、というのが本書のテーゼである。

著者のプルーストへの関心は学生時代に始まる。それは、つぎのような事情からであった。十八歳の頃、かなり深刻な鬱状態に落ち込んでしまった。格別に大きな事件があったわけでもないのに、自分の生きている世界が不意にすっかり変わってしまったように感じられたのである。世界の外観はとりたてて何も変らなかったのだが、それまで日々の生活の背後に絶えることなく流れていた静かな諧調（harmonie）のようなものが、いつの間にか聴こえなくなってしまったのだ。その諧調というのも、それが聴こえなくなってはじめて、それまで聴こえていたことに気づいたほどの、じつに〈かそけき〉ものであったが、自分がそれまで幸福であったのも、毎日が生き生きとして明るく輝いていたのも、この諧調ゆえであったことを、それを失うことによって、はじめて知ったのである。それからしばらくのあいだ、世界が死んでしまったような、そして自分の身も心も芯から冷え切ってしまったような日々を過ごした。どうにか大学に入ったものの、大学紛争最中で授業はほとんどなかった。そんな毎日、暇に飽かして文学作品をあれこれ読んでいるうちに、たまたまプルーストに出会い、ほかのどんな作家にも味わったことのない特異な喜びを覚えた。翻訳ではあったが、「スワン家の方へ」に語られているコンブレーの少年時代の世界に、かつて自分が聴いていたのと同質の諧調が流れていることに気づいたのである。それはまさに世界が蘇るのを感じる喜びであった。

プルーストを卒論のテーマとしたのも、その諧調の秘密を知りたいと願ったからである。しかし、その秘密が明らかになったと思えたのは、それから十年ほどしてからであった。何度目かのプルースト論を書きながら、あれこれ考えあぐねているうちに、主人公「私」が無意志的記憶の現象を通じて味わったのは、自分が「生かされている」、「在らしめられている」ことに気づいた喜び、つまりは〈いのち〉＝〈存在〉そのものに触れた喜びにほかならないことに思い至ると同時に、プルーストの文体の本質をなすところのあの諧調もまた〈いのち〉＝〈存在〉の働きそのものから生まれているという確信を得たのである。要するに、〈いのち〉＝〈存在〉の探求こそ『失われた時を求めて』の究極の主題であり、しかもこの作品全体が〈いのち〉＝〈存在〉の視点から書かれている――そう考えることによってはじめて、この長大な作品を統一的に理解し、解釈できるという見通しが一挙に開けたように思われた。

しかし、そうした確信を得たとしても、その確信を言葉にしていくには、そもそも〈いのち〉とは何か、〈存在〉とは何か、ということをもっと厳密に考える必要があるように思われた。暗中模索にも等しいその探求の過程で、著者はエックハルトや道元などの宗教者、ハイデガー、ジルソン、ヴィトゲンシュタイン、ミシェル・アンリ、そして西田幾多郎、西谷啓治などの哲学者に出会った。あるいはリルケやトルストイなどの詩人や作家たち。トルストイは『要約福音書』のなかで、「真の生は時間を超越している」、「生を欺いているのは時間である。過去と未来の生は、現在の生を隠蔽している」と言っている。それを受けて、ヴィトゲンシュタインもまた、「現在のうちに生きる者は永遠に生きる」、「時間のうちに生きるのではなく、現在のうちに生きる者のみが幸福である」と言う。また西田幾多郎は、「純粋経験」について、「例えば、色を見、音を聞く刹那、未だ之が外物の作用であるとか、我が之を感じて居るとかいふやうな考のない」状態であり、そこでは「未だ主もなく客もない、知識と其對象とが全く合一して居る」と述べている。さらにミシェル・アンリは、〈私〉なくして世界はありえない、主観性（subjectivité）がすなわち存在（être）である、と言っている。同様にヴィトゲンシュタインも、「世界と生はひとつである」、「世界は私の世界である」、「私の世界こそ最初にして唯一の世界なのだ」と言っている。こうした彼らの主張はプルーストの小説美学にそのまま重なり、私たちに人間観の根本的転換を迫っているように思われる。本書ではこうした問題に深く立ち入ることはできなかったが、今後の課題としたい。

最後に、本書の刊行を快諾してくださった水声社社主鈴木宏氏、そして丁寧な編集作業をしてくださった廣瀬覚氏、さらには紹介の労をお取りいただいた影山恒男先生に心からお礼申し上げたい。
なお本書の出版に際して、共立女子大学総合文化研究所の出版助成を受けた。学園当局に深謝する。

二〇一七年三月

武藤剛史

著者について——

武藤剛史（むとうたけし）　一九四八年、埼玉に生まれる。京都大学大学院博士課程中退。現在、共立女子大学文芸学部教授。専攻、フランス文学。主な著書に、『プルースト　瞬間と永遠』（洋泉社、一九九四年）、主な訳書に、ジャン・V・オカール『比類なきモーツァルト』（一九九一年）、アニー・パラディ『モーツァルト　魔法のオペラ』（二〇〇五年）、ミシェル・フイエ『キリスト教シンボル事典』（二〇〇六年）、マリナ・フェレッティ『印象派（新版）』（二〇〇八年）、パトリック・ドゥムイ『大聖堂』（二〇一〇年）、エリック・シブリン『「無伴奏チェロ組曲」を求めて』（二〇一一年）、ミシェル・アンリ『キリストの言葉』（二〇一二年、いずれも白水社）、ピエール・ラビ『良心的抵抗への呼びかけ』（四明書院、二〇一五年）、ミシェル・ロクベール『異端カタリ派の歴史』（講談社、二〇一六年）、アンドレ・ドーテル『夜明けの汽車　その他の物語』（舷燈社、二〇一七年）などがある。

印象・私・世界――『失われた時を求めて』の原母体

二〇一七年四月二〇日第一版第一刷印刷　二〇一七年五月一日第一版第一刷発行

著者――武藤剛史

装幀者――齋藤久美子

発行者――鈴木宏

発行所――株式会社水声社

東京都文京区小石川二―一〇―一　いろは館内　郵便番号一一二―〇〇〇二

電話〇三―三八一八―六〇四〇　FAX〇三―三八一八―二四三七

郵便振替〇〇一八〇―四―六五四一〇〇

URL : http://www.suiseisha.net

印刷・製本――ディグ

ISBN978-4-8010-0258-6